邪惡的幸福

Den onde lykke

托芙・迪特萊弗森——著
Tove Ditlevsen
吳岫穎——譯

各界推薦

貓化身為文字的可能性，在托芙筆下實現了。時而溫順，時而神祕，慧黠、細膩兼具冷漠，在看似冷靜的筆調下，是最生動的刻劃，猶如一隻在暗處冷眼看著人類悲喜哀樂的貓，隨即又事不干己似地幽幽離開。這一系列短篇小說清一色以女性視角呈現，或者以女性為觀察主體，她們各自有著不同的年齡、階級與性格，卻跨越了時空，像極了我們身邊認識的人。也由於一生中經歷四次婚姻，托芙尤其擅長描寫婚姻中的裂痕，她不吝於借用現實的經驗編織在小說中，其中也不乏童年時期留下的影子，字裡行間充滿詩意與唯美的意象，直白袒露出女性特有的軟弱與堅強。而那些埋藏在她們心中的祕密與猜測，也是我們所共有的。因此閱讀時，我們彷彿被托芙透過文字偷偷窺視著，且不知怎地，我相信這正是她的詭計。托芙在其傳記中曾一再宣告將寫作作為職志，而她也真的如實做到了，一生為寫作而活，也永遠活在文字中。

——夏夏（作家）

讀這本小說，彷彿能見到托芙以針尖浸鮮血、刺織出一篇篇蜜糖裹鴆的、關於「幸與不幸」的故事。每一篇小說，都是一張浮世繪般的女性生命繪影。這些女人，有的軟弱如泥，有的堅硬如石，但不變的卻是，對於她們來說，幸福的蜜，終究是毒。

——**崔舜華**（作家）

婚姻中人，或許也曾經歷這樣的「托芙時刻」：忍受熱烈盼望後的失望、對眼前人感到陌生、情感已被生活磨擦出毛邊與刮痕，而日子仍繼續著。托芙的文字，將這些難以宣之於口的壓抑及怨意精準捕捉，讓我們知道，那些看似尋常卻得艱辛面對的時刻，還有其他的逃生出口——例如「書寫」。

——**蘇虹菱**（臺灣大學寫作教學中心專案助理教授）

佳評如潮（按姓名筆劃排序）

王盛弘（作家）／石芳瑜（永樂座書店店主、作家）／袁瓊瓊（作家）／郝譽翔（作家）／馬欣（作家）／曹疏影（作家）／陳柏煜（作家）／廖偉棠（詩人、作家）／趙又萱Abby Ch.（作家、編輯）／劉中薇（編劇、作家）／鄧九雲（演員、作家）／蕭鈞毅（小說寫作者）／鍾文音（作家）／鴻鴻（詩人）

國際盛讚

充滿渲染力與生猛勁道的懺情告白。大師級的傑作。

——《衛報》

讓人戰慄讚歎的天賦。

——《紐約時報》

文采清晰生動，強烈而真摯。

——《巴黎評論》

托芙・迪特萊弗森的傳奇將在這本短篇小說集中得以延續……美麗精緻，無法逼視。

——《時代雜誌》

安靜而具毀滅性……簡單的故事，尋常的人物，卻表達了十足的人性。主人翁們的動機神祕而微妙，而迪特萊弗森卻總能以敏銳之眼穿透日常，直擊人心。她已經以回憶錄而聞名世界，本書將讓她再度奪下短篇小說大師的美譽。

——《出版者周刊》（星級評論）

現代丹麥文學的核心著作。

——《柯克斯評論》

只需寥寥數字，托芙・迪特萊弗森就能變出整個世界。

——《泰晤士報文學增刊》

她的作品讓人感到不可思議，如此專注而清晰。沒有一個字是多餘的。

——**英國歌手崔西．索恩**（Tracey Thorn）

文學巨擘之作。托芙．迪特萊弗森直率精鍊、令人不安的故事，揭示了人際關係的脆弱及日常場景中的靈光片刻，更讓她筆下的角色栩栩如生。

——**《歐普拉日報》年度最受期待書籍**

這本短篇小說集充分展現了托芙．迪特萊弗森驚人而精確的詩意文筆。

——**《新政治家雜誌》**

這些簡潔而又閃亮的故事，足以喚起我們心底深處的情感，卻不帶絲毫感傷之情。

——**《VOGUE雜誌》**

目錄

輯二 邪惡的幸福

輯一

傘

傘

赫爾嘉總是——不可理喻地——對人生提出遠遠超乎其所能給予的要求。她這一類人走在我們當中，和那些按照本能立足，依據自己的樣貌、能力和環境找到適合自己的位置並在世界上通行無阻的其他人，從外表不太能區分出來。就以上這三個因素而言，赫爾嘉只能算是裝備一般。當她進入婚姻市場時，她不過是個過於矮小、過於單調的年輕女孩，她嘴窄，鼻尖上揚，唯一理想的特徵是那雙充滿疑問的大眼睛，細心的觀察者會稱之為「夢幻般的雙眼」。然而如果真有人問起她的夢想是什麼，赫爾嘉只會覺得尷尬。

她從來沒有在任何方面顯現過特殊能力。她在小學時的表現還可以，也長期保留了女傭的工作。她並不抗拒辛勤工作，在她成長的家庭，這件事就如呼吸一樣自然。整體來說，她溫順、安靜，但不至於內向孤僻。她有幾個同性朋友，她們晚上會一起到舞廳去。她們每個人都會點一瓶汽水，四處張望尋找伴侶。如果她們坐了很久都沒有被人邀請跳舞時，她的朋友們便會毫不挑剔地和任何一個請她們跳舞的人共舞，即便對方是個駝背。然而赫爾嘉只是心不在焉地環顧四周，若是看見對她來說算是好看的男人——他們多是皮膚黝黑、有棕色眼睛的男人——她便會毫不掩飾、認真嚴肅地看著他們許久許久，以致他們無法不留意到她。如果這些少數被她相中的男人以外的人向她伸手邀舞（實際上也不太常發生），她又會害羞地低頭，看著自己的大腿，微微紅著臉並慌張地為自己找藉口說：「我不會跳舞。」隔著幾張桌子，有一雙棕色的眼睛，好奇地看著這一幕特別的狀況。這個女孩，並不會輕易愛上第一個出現在她眼前的男人。

如此這般，許多小小的愛戀在她內心表層波動，就如春風將新葉吹得顫動，卻不改變其生命軌跡。男人送她回家，親吻著她那冰冷、緊閉，且堅決不為任何深情的投注而張開的雙唇。赫爾嘉非常傳統。除非她全然陷入意亂情迷，否則她不會想結婚。然而她也在心裡做了決定，在還未獻出自己以前，她會先訂婚，並把相中的對象帶回家見父母。那些過於急躁或者對這個儀式興致缺缺的男人，一般都會失望地離開。發生這樣的事情，一股輕微的疼痛總會觸動她，但隨即又在她工作、睡眠、有著新希望的夜晚這樣的人生節奏裡，被她遺忘。

一直到她二十三歲那年，她遇見了伊貢。他愛上了她的這種特質，這種難以定義的特質，這一種很少人會留意，甚至認為是個優點的特質。

伊貢是技師，他也對足球、賭球、撞球和女人感興趣。然而畢竟每個戀愛中的人都會被高空中拍動的翅膀所觸動，於是，這個可憐的普通人開始投入地吟詩，並以會讓他修理站的同伴們聽到後絕對目瞪口呆的話語表達情感。後來，他回憶起這段時期，感覺就像自己被一場大病折磨了一番，並在他人生中留下了印痕。然而這段感情持續以來，他總是因赫爾嘉為他小心翼翼保留著的貞操感到驕傲與欣喜；在他們訂婚並見過雙方家長以後，他便在他租來的房間裡布置好的沙發床上，占有了他的財產。一切都如預想中那樣。她並沒有欺騙他。他滿足地進入夢鄉，把赫爾嘉單獨留在一個非常混亂的狀態裡。她哭了一會兒，因為就如對待其他一切的事情那樣，她對這件事抱著美好的期待。然而她的眼淚是毫無意義的，她的道路已經被標誌。婚禮日期已經訂下，東西都準備好了，她也辭了職——因為在他們結婚以後，伊貢不想要她「為別人刷地」。她的同性友人維持著適當的分寸，又羨又嫉，她的父母很滿意。伊貢是個受過訓練的技工，因此比她的父親更高階一點點；父親曾經教育她，人們不該把自己拖到比自己更低下的世界裡，但是也不該好高鶩遠。

這個晚上，對於自己身上是否發生了決定性的改變，赫爾嘉並沒有任何具體的感覺。然而她還是清醒了很長的時間，也沒有思考著什麼特別的事情。一直到她快睡著的時候，一個奇怪的願望飄入她的意識裡：如果我能有一把雨傘就好了，她想。她忽然發現，這樣一個對其他人來說極其自然的必需品，卻是她一輩子都期待擁有的東西。當她還是個孩子的時候，她總是在聖誕節的禮物願望清單上寫下合理的、可以負擔的願望：一個娃娃、一雙紅色的手套、輪式溜冰鞋。然而，當聖誕夜，禮物被堆在聖誕樹下時，她被一種狂熱的期待籠罩。她盯著她的禮物，彷彿裡面充滿人生意義那般，雙手顫抖地把禮物一一打開。事後，她卻對著自己許願的娃娃、手套和輪式溜冰鞋哭泣。「妳這個不知感恩的孩子，」她母親憤怒地說：「妳毀了一切。」確實如此，因為下一個聖誕節或生日會，這個場景就會重複。她永遠都不知道，自己對於這些充滿歡慶氣氛的箱子裡的東西究竟抱著什麼樣的期待。或許她曾經在願望清單上寫過「雨傘」而不曾得到過。然而，如果真的送她這樣一個可笑且多餘的東西，也是相當愚蠢的一件事。她的母親從未擁有過一把傘。你應該好好地迎向風和天氣，而不該去妄想當雨水淋溼一切時允許自己珍視的頭髮或皮膚免受雨淋。

接下來的時間，赫爾嘉完全投入到她已婚婦人的思緒當中，並和母親一起處理一切屬於訂婚女子該盡的責任；與此同時，當她在男人身邊醒來，或是在工作的女傭房間的床上醒來時，她常常會輕撫著想要一把雨傘的夢想。

一個具體的畫面逐漸在她心裡成形，為這個祕密的想法鋪上了禁忌和輕浮的光澤，甚至當她清醒的時候，臉上也帶著纖細易感、難以捉摸的表情，以至於她的未婚夫忍不住脫口而出：「妳究竟在想什麼？」他惱怒並嫉妒，彷彿懷疑她在某種程度上出軌了似的。有一次，她回答說：「我在想一把傘。」而他以令人信服的嚴肅語氣說：「妳的腦子不太靈光吧！」那個時候，他已經不再吟詩，也不再提起她「夢幻般的雙眼」，儘管如此，這絕不表示他對她失望了。只是此刻她終於成為了他人生和習慣的一部分。

和他在一起時，她出席了無數次的足球賽，卻始終無法明白這種特殊的娛樂方式為什麼會讓人們大聲歡呼，大家的行為舉止都像著魔似的。

在她記憶裡逐漸形成的畫面是這樣的：她大約十歲左右，坐在家裡臥房的窗臺上，低頭望著被後棟樓梯間的燈光朦朧照亮的院子。她穿著睡裙，早就該上床睡覺了，然而她習慣了睡前要在這裡坐一會兒，思緒空洞地看著夜晚，同時讓一股溫柔的平靜把白日裡的事情一一從她腦海裡刪除。接著，院子的門被推開，而院子裡潮溼的石板地上，恍若雨點以狂烈的韻律散落般，有個可愛、夢幻的生物踩著碎步走了進來。一件黃色的長裙幾乎要觸地，一頭濃密、如絲般的金色捲髮上空飄著一把雨傘。不是祖母使用的那種圓圓的黑色拱形、擁有結實把手的傘，而是一把扁扁的、亮麗而透明的東西，看起來宛如蝴蝶光芒四射的翅膀，感覺上就屬於撐著它的人。不過，只是短暫的一瞥，院子裡隨即恢復了原來的樣子，可是赫爾嘉的心跳因一股奇異的興奮感而加速跳動。她跑到客廳，她的父母都坐在那裡：「有個女士經過院子，」她輕輕地說，接著，她帶著一種奇妙的敬畏又說：「她有這樣一把好看的雨傘！」

她打著赤腳站在那裡，背著燈光眨眼。雖然沒有任何比較的依據，但往昔熟悉的客廳，此刻看來忽然顯得小而簡陋。她的母親看起來很驚訝：「一位女士？」她問，接著把嘴角往下拉，這是當她感到不悅或生氣時的一種習慣。「哦，隔壁那個女人，」她尖銳地說，「這也太不像話了。」此時父親忽然轉身對赫爾嘉動怒：「妳幹嘛坐在那裡看著窗外，妳該去睡覺，」他吼叫，「滾回房睡覺去。」

她看到了一些她**不應該**看到的東西。一些前所未有的東西進入了她的世界。在那之後，每個夜晚，她都悄悄爬上窗臺——儘管她一直以來都是個溫順的小孩——看著那黃色的裙子，在各種天氣裡橫掃院子。她總鋪著一層難以形容的甜美和神祕氣息，她總是攜帶著那一把特別的傘，有時顯眼，有時不，畢竟還是得看當天有沒有下雨。這個景象和赫爾嘉按下門鈴以後，鄰居開門時那張疲憊的臉完全扯不上關係；赫爾嘉經常到她那裡替母親借奶油或麵粉，因為母親總是在做醬汁時才發現缺少最重要的材料。不過這也沒關係，因為這個人有一天忽然搬走了。之後，很長的一段時間，這孩子依然坐在窗臺上，等候著那條黃色長裙和那一把飄浮在空中的透明雨傘。當這個每夜發生在昏暗院子裡的活動停止後，她只是坐在那裡，閉上眼睛，聽著雨點散落在緊繃的絲質物上的聲響，如同童年所有的聲音和氣味那般，飄散得越來越遠，越來越遠。

赫爾嘉和伊貢搬進了一間兩房公寓，和她父母距離這裡幾條街不遠處的公寓格局類似。但這裡是靠著大街的公寓一樓，對赫爾嘉來說，這是一個久遠心願的實現，此刻，她可以坐在完全屬於自己的客廳裡，看著街上往來的交通。她人生中初次擁有了悠閒的時間，但畢竟懶惰是一切罪惡的根源（她總是輕易就被這樣的說法影響），她因而感到一點內疚。不是對於養著她的這個男人而言，一般狀況也是如此。她允許自己成為一個軟弱、總是帶著歉意的人，誇大般地履行所有屬於她的少數責任。因此，她非常重視且頻繁地探訪父母，或讓他們探訪她。她的公婆住在鄉下，她經常寫信給他們，即便她只在婚禮上見過他們。這些信件鉅細靡遺地敘述著她每天如何處理家事，以及如何把伊貢的薪水妥善運用在兩人共同的開銷上。她的信總是以單調的句子作為結語：我們兩人都很好，希望您們也一樣。您們忠誠的媳婦赫爾嘉敬上。

每個上午，她會和母親一起去採買，兩人頭上披著頭巾，手臂挽著一個結實的提袋。她的母親會在肉店找最好的肉。「辛苦工作的男人，也該吃最好的食物。」她解釋說。赫爾嘉每天準時在傍晚六點為丈夫提供「最好的食物」。但是從他早晨出門的那一刻到晚餐的此刻，她很少想起他。當採買和打掃的工作都結束以後，她會坐在窗臺邊，帶著一些待縫補的衣物，這樣能讓她不去想到當街上的人看起來如此忙碌的此刻，自己卻懶洋洋地坐在這裡。透過窗簾遮蔽隱藏的保護，她得以在窗簾後嚴肅且專注地看著路人，就如她在認識伊頁以前注視著所有擁有棕色眼睛的男人那樣。一股模糊的好奇填滿了她：他們正往哪裡去呢？他們在忙著什麼呢？她是一個什麼都不知道的寂寞的人。她想起自己的母親，因為在赫爾嘉眼裡，她和其他人不一樣，她是唯一一個由始至終都不曾改變的人。和母親在一起的時候，她能感受到一種平靜。母親和孩子。安全感。她喜歡緬懷自己的童年。她喜歡聽母親聊起童年時一些確切的事情。她的母親話多。句子從她身上飛揚起來，成為遠處模糊風景的堅固框架。「妳現在過得不錯啊，」她常這麼說：「妳該好好珍惜，但是妳一直都不懂得感恩。」「我怎樣不感恩了呢？」赫爾嘉好奇地問。她每次得到的回答，都是當年自己收到禮物卻流淚的事情。「後來我們甚至害怕買禮物給妳了。」母親說，於是她們兩人坐在暮色裡，一起為這個收禮後哭泣、不懂得感恩的孩子搖頭，其他的孩子都會因禮物而感到高興啊。她們以同樣的語調、同樣的方式，說起這件莫名其妙的事，如同說起一場已經痊癒了的猩紅熱：「上帝啊，妳病得不輕，我們從未想過妳會康復。」

赫爾嘉最喜歡聆聽散落在她記憶以外的那些故事。關於她說的第一個字、她什麼時候戒了尿片等等，這類全世界的母親都會說起的有關她們孩子的事，讓她覺得自己並沒有什麼不同。母親總是在結束這些故事的那一刻站起身來，收拾自己的東西，同時留下這樣一句話：「唉，妳小時候的那些時光，再也回不來了。」這話說得語氣平淡，不帶一絲遺憾，卻在赫爾嘉內心深處宛如包覆著未誕生胎兒羊膜的那層薄紗上，留下了一道裂痕。

當母親離開（通常就在伊貢回家前不久），赫爾嘉會對著那個她熟悉的、魁偉的背影揮手，直到背影消失為止，便重新回到窗臺上坐著，燈也不開。一股悲傷的情緒會從她的內裡蔓延開來，隨即包圍住她。她想，如果伊貢馬上回來就好了。可當伊貢回來之後，他的吵鬧和陪伴又填滿每一個小空間，打破了所有的魔力，她才發現自己渴望的原來不是他。她安靜地四處走動，完成自己主婦的責任，小鳥般地啄食，在男人明確要求一個答覆的時候回答是或不是。有一次，他打量著她：「妳該生個孩子，」他說：「我不明白，妳怎麼還沒懷孕。」她為自己在這部分的不足而紅了臉，可是偏偏她實際上並不覺得自己缺少一個孩子。透過和母親的親密相處，赫爾嘉讓一個孩子活在她的心裡，也因此她心裡並沒有多餘的空間可以容納其他人。有時當他問起她母親是否來過，她會說謊。因為，基於某種理由，他不喜歡她母親在他不在家時，過於頻繁地來訪。

———

日子就這樣過去，日復一日。

某天晚上，赫爾嘉等著伊貢回家吃晚餐，等了一個小時，他才回來，醉醺醺地撲倒在沙發床上，以充滿戒備和惡毒的眼神，看著從客廳走過的赫爾嘉。「妳到底怎麼了，」他忽然說：「妳的臉都發青了。」她嚇了一跳，急忙在臉頰上撲了點腮紅，可是接下來她便習慣了他的語氣。她也習慣了準備一些可以加熱的食物，因為她已經不知道他究竟什麼時候會回家了。她把這件事告訴母親。「伊頁開始喝酒了。」母親看起來比她更不安。「當一個男人開始喝酒的時候，就表示他對妻子不滿意。」她宣稱。母親總是認為每件事都有解決的方法，她勸女兒和伊頁「開門見山」地談，找出問題在哪裡。可赫爾嘉從未試過站在他人的角度思考，事實上她也從未有這樣的必要。她整個人是由一堆沒有形式和計畫的回憶所組成。其中包括一字排開的棕色眼睛、黃昏的氛圍、毫無目標的巨大期待、一件黃色的連身裙和一把雨傘。也有淚水和失望等等，偶爾穿插著小小的快樂。曾經，有個男人，撐開了她窄小、蒼白的嘴唇，並有短暫的片刻，讓她感到一陣陌生和美妙。曾經，有個聲音，對她說著奇怪的甜言蜜語。而在這一切之上，童年和夢幻中的那把傘，拉起了絲般的風帆。而這些都與這個此刻開始喝酒的男人毫不相干。她覺得，在他可以合理對她要求的範圍內，她已經把大部分的自己給了他，而她隱約覺得，自己對他來說唯一的不足之處，不過是她沒有像所有的新婚妻子一樣懷孕。然而即便如此，她覺得自己也一如既往，總是期待著另外的什麼——對她而言只會傷害到其他未知人士的過剩能量。她並沒有責怪任何人，從來都沒有，對於她自己的不合情理，她心知肚明。她寫下了對自己人生來說算是易於達到的願望：一點點做夢的時間、一個擁有棕色眼睛的丈夫和一個孩子，後者僅僅是為了傳統的因素。對她而言，領導她一切外在行為的，都是可以確切掌握的東西，因此她也認為，伊貢之所以酗酒及對她惡言相向，肯定是有什麼具體的理由。她喝著茶，若有所思地對母親點頭答應，表示會和丈夫「開門見山」地談一談。但，她心中已經認定，是那個缺席的孩子困擾著他，而關於那些無能為力去改變的事，何必提起。即使對母親也一樣，沒有提起的必要。

那個晚上，伊貢直到午夜十二點才回家。他在客廳中央脫下髒兮兮的工人褲，然後喊著赫爾嘉，她正在加熱晚餐。

「已經夠了。」他緩慢地說，像水手那樣搖晃著雙腿。

她走到廚房門外，用她那雙悲傷、疑惑的眼睛瞪著他。

「什麼已經夠了？」她焦慮地問。

他踢翻了一張椅子，站在她面前。

「這整件事，」他說，呼出的酒氣噴得她滿臉，「妳真以為我是個白痴嗎？」

她沒有回答，但是稍稍從他身邊移開。她的思緒總是緩慢移動，以至於她從來都無法跟上狀況，尤其是不尋常的狀況。這些事情，稍後才會在她的記憶裡鮮活起來。

「晚餐快燒焦了。」她猶豫地說。

他大笑，卻不見欣喜。

「我不吃，」他語氣緩慢而單調地說：「我吃過了。」

「你在哪裡吃了？」她安靜地問，並動手脫下圍裙。她的手微微顫抖。他看著她，不明白她是受傷還是害怕，再次放聲大笑。

「和一個漂亮的女孩，如果妳真的想知道。」他得意洋洋地大聲說。接著對著她的臉打了個嗝，走進房間，衣服也不脫，躺在床上。

赫爾嘉跟在他的身後。她茫然地看著他，思緒和感覺都很不清晰，她摸索著尋找一個安全的、孩子氣的立足點，輕聲說：「我會告訴媽媽。」他卻已經睡著了。

事實上，她並沒有因為想到他或許對她不忠而感到受傷，她只知道，她應

該有怎樣的感受。一個男人不應該酗酒，但是如果他出軌，那情況更為嚴重。她有限的想像力讓她免於揣想他和另一個女人在一起的畫面，然而，實際上，這根本沒有任何差別。他只能威脅到她的外在世界。她本身則一點改變也沒有，她的身體還是和從前一樣，唯一的一點點不同在於，對於其他男人來說，她的價值降低了。然而「其他男人」這個概念，打從她婚後便從未出現在她的腦海。此刻，她慢慢地脫下衣服，想著這件事：她知道，她母親會這樣做。母親會合理認為，如果這個男人無法對她的女兒履行責任，那麼在獲取每日麵包這件事情上，也只能透過其他棕色眼睛的男人來完成——關於他們絕對必須擁有棕色眼睛這樣的條件，其實也是來自於她的母親。另外還有一個曾經根深蒂固的認知：皮膚黝黑的男人，就是善良本身。

伊貢在她身邊沉沉地睡著了，赫爾嘉躺著，注視著他。儘管夜已深，她依舊沒有睡意。他的下巴鬆垮，滿臉鬍子，還打著呼。這些可能會是對一個陌生人的看法，而不是對丈夫。或許，他對她來說，許久以前就是個陌生人了——自從那天她抱著巨大的期待遇見他，並在巨大的失望中離開。以她自己安靜的存在方式看來，她並沒有意識到這算是一個重大事故。除非被迫採取行動，否則，一個人對另一個人來說，又有著何種重大意義呢？

赫爾嘉採取了一個奇怪的行動。有幾次，她偷了一些家裡的錢，把錢藏在自己堅信禮時得到的一個首飾盒，她並沒有任何確切的計畫去運用那些錢。或許她該嘗試讓自己相信，這些錢是為了買聖誕禮物或者以備不時之需而存下的。然而，她現在知道，她為什麼要存下這些錢。她忽然在黑暗中露出微笑，靜悄悄、躡手躡腳地下床，走到藏著盒子的抽屜旁。月光宛若不真實的黎明般，照亮了這小小的房間。赫爾嘉以小偷般的靈巧，無聲無息地數著錢。差不多有四十克朗。她把錢握在手上，依舊微笑著，溫柔、被救贖、孤獨，如帶著微笑入眠的孩子。她的腦海裡只有一把被打開的、有著特定顏色和形狀的透明雨傘。她的心跳因那期待中的早晨而加速跳動，宛如將和情人見面的女子那樣。她幻想著下雨的街道，以及在這個絲綢之頂下行走的自己。一個模糊而明亮的畫面，如蒲公英的種子般飄入她的意識中：在某個她過去曾當過女傭的屋子裡，太太穿著宴會的禮服說：「啊，赫爾嘉，把我的傘給我。」她手上曾經有過無數的傘，她從未多想。因為，對於她的世界以外的一切，她原本便不曾有過任何感覺。直到現在。直到她開始行動。

她重新溜進被窩，男人在睡眠中仍伸手尋找她的身子，嘴上喃喃說著她聽不懂的話語。她小心翼翼地把他鬆軟的手重新放回被子裡，一抹遙遠的溫柔，從她心裡竄流。瞬間，灼熱的情緒穿透了她，那是除了母親以外，她從未對他人有過的情感。近來，他經常鬧著要離婚，他說他不想和一把掃帚結婚，然而那些話語只是恍如滲透篩子般的從她體內滲透出去。她的父母在吵架時總是如此相互怒吼。這對她來說一點意義也沒有，她已經習慣了。她唯一介意的是鄰居有沒有聽見。她從來就不懂得如何吵架。她只是揣想著別人如何，而她自己又該如何。她採取的是另一種防禦方式，沒有人知道何時會出現。或許伊貢根本沒有對她不忠，不過，現在這對她來說，也沒有什麼意義了。

隔天早晨，他們兩人表現得如同什麼事也沒有發生過。他們的人生向來如此。赫爾嘉準備便當、煮了咖啡，並在丈夫離家前親吻他的臉頰。一切一如往常。接著，她帶著鬆了口氣卻又充滿期待的心情上街購物。當人們偶爾被巨大的喜悅籠罩時，看起來總是特別漂亮，那個早晨，沒有人告訴她，她就是這麼漂亮。她在十一月天裡閃耀，宛如一顆蒼白而脆弱的晨星，在光芒消失以前，溫柔且奉獻地照射出光亮。她和以前不一樣了。她是個到店裡去選購雨傘的女人。過了很久很久，她才找到一把心目中的傘。像個不習慣捧著花束的男人一樣，她笨拙地把傘一路帶回家。

回到家，進了門以後，她把傘打開，撐著傘、踩著碎步走進客廳。就像童年記憶中那個穿著黃色裙子的女人那樣走著，她經過一堆待洗的碗碟，她經過角落擺著一棵棕櫚樹牆上掛著照片的明亮而寬敞的房間，她走進大廳，想起她的第一場舞會。她牽起隱形的裙襬，踩著舞步。傘柄冰冷、瘦長且堅固，那是她可以掌握、可以關愛、可以信任且認可的東西。現在，她可以對著朋友們說：我買了一把傘，完全屬於自己的傘。她把傘收起來，仔細研究傘的結構，那光亮的支柱，小巧可愛、絲般的小珠子，以及那結實卻透明的帆布，有朝一日，雨水會在帆布上敲打著關於遺忘和失去的時光旋律。

這種迷幻的感覺維持了幾乎一整天。她完全沒想起母親，她沒有打掃，連家具上的灰塵也沒有擦拭。她也完全沒有想起伊貢。當他一反常態，下班後直接回家，她正坐在窗臺邊常坐的位置，跟前放著空蕩蕩的待補衣物籃。她對他微笑，隨即站起來。

「我沒有煮晚餐。」她漫不經心地說，並且用一種全然陌生的調侃語氣補充說：「我想，或許你已經在外面吃過了？」

他沒有回答，她確認他沒有喝醉，而且試著避開她的眼神。為什麼呢？她想要告訴他有關雨傘的事，並承認自己偷了錢，她亟需和別人分享她巨大的喜悅。然而，他看起來非常嚴肅，坐在桌旁，紅著臉，「昨天，真的很抱歉，」他尷尬地說：「我說的都不是真的，我只是喝醉了。」

「嗯。」她淡淡地說。這一整天，她壓根兒就沒有想起昨晚的事。即便是現在，她也覺得要她去思考雨傘以外的事情，異常困難，只是目前的情勢讓她好像不得不說點什麼。她和他一樣，顯得有點不好意思，低頭看著自己的手：「真的沒關係，」她老實地說：「我都忘記了。」

她沒看見陰影罩住了他的臉，她也沒有留意到他如何絕望地在她面前緊繃著全身。她是一個任別人叫喚也不會出現的人，她有需要的時候，自己會以微弱的、輕易被暴風雨掩蓋的聲音叫喚。再說，兩人相互叫喚並同時獲得答覆，這種時刻原本就極少見了。她可以自己找到平靜，甚至還有一點餘力可以感染他人，然而，長久以來，男人一直像個大而笨重的動物那般朝著她的方向移動，而她則像一隻受了驚嚇的羚羊，敏捷而輕巧地逃離他，奔向樹林裡一個隱蔽、明亮的開放天地。

她在他面前坐下，嬌小，挺直著背，在他眼中，她看起來再次充滿祕密且誘人。就像許久以前一樣，他嫉妒並害怕地問她：「妳在想什麼？」就如當初，她那雙清澈、夢幻般的眼神飄過他，同時回答他：「一把雨傘，」——忽然之間，她熱切地說：「我把它買下了，伊貢，你想看看嗎？」她已經一躍而起，走到玄關，因期待而幾乎窒息。

他跟在她身後，忽然之間，極度憤怒地從她手中把這精緻的物品搶過去，在他強壯的膝蓋上，一使勁便把雨傘折成了兩半。

「這是妳的傘，」他怒吼，而她呆立著，驚訝地看著那精緻傘桿的殘骸以及破碎的絲綢。

於是她安靜地經過他，走進小廳，回到那些她可以控制、掌握，以及已經預設好的一切。她如往日般坐在窗旁，並且終於明白，這裡是她的位置，一切都合理地存在著。她記憶裡的色彩在彼此間流動，形成一個圖案的雛形。她明白，她永遠都不會成為一把雨傘的主人。傘被摧毀是自然且合理的。她違背了控制內心世界的祕密法則。因為那是只有少數人膽敢在一生只有一次的機會去實現的無法明說的願望。

赫爾嘉漫不經心地對著她的丈夫微笑。彷彿他忽然導致了她身上的一根線微微顫抖著，或許因為他向她展示了她的生命在煙消雲散前足以展開的限度。可是她並沒有這樣想。她只是想：我欺騙了他，他原諒了我。於是她心神不寧卻又嚴肅地，彷彿對著一個想要從天上摘下星星送給某人的孩子，點了點頭。與此同時，他正積極地忙著把一顆燈泡擰進天花板的燈罩裡，他的聲音越過肩膀對她說：

「妳會得到另一把傘的。」

貓咪

他們在火車上面對面坐著，而這兩人並沒有任何特別之處。他們不是那種讓你在厭倦了平常的景色以後，會把眼神飄向他們的人。所謂的平常風景就像是在遙遠的地方和火車相遇，然後靜止一秒鐘，所形成的平靜畫面——柔和的綠色曲線，小小的房子和花園，花園裡的葉子顫抖著，在火車身後繚繞的煙霧中變成灰色，如長長的三角旗一般。人們在打發時間的時候，也猜不到他們是否結了婚、有沒有孩子、今年幾歲、從事什麼工作。在他們沒有情感的眼睛裡，只寫著婚姻和辦公室的工作。男人把臉藏在報紙後面，女人看起來彷彿就要睡著。在每個早晨和傍晚，在辦公室和商店工作的人上下班的時段，他們就這樣坐在那裡。通常都是在末端車廂裡的同一個座位。順帶一提，最近幾天，她並沒有出現，或許她病了。於是他獨自坐著，而這對其他人來說，一點分別也沒有。他打開報紙，仔細閱讀，下車的時候，再把報紙摺好，放在座位上。一個三十歲左右、極其普通的辦公室上班族。那是個寒冷的季節，所以她可能是得了流感。

他輕輕碰觸她的膝蓋，說：「我們到了。」

那其實是不必要的，因為她並沒有睡著。她站起來，從置物架拿起她的手袋，整了整帽子，走在他前頭，下了火車。回家的路上，他從側面端詳著她。她看起來很疲憊，她一直都是這樣。她並沒有生病，她和其他婦女一樣，照顧家裡的同時也出門上班，實際上，她的工作量還更少，因為他們沒有孩子。然而她臉上卻擺出了一副肩負全世界重擔的表情。至少他看來如此，這讓他感到很厭煩。他把嘴抿成一條窄窄的線，清了清喉嚨說：

「那隻貓還在家裡嗎？」

「應該是吧，」她說：「天氣那麼冷，我不想把牠趕出去。」

他皺了皺眉，默不作聲。那隻動物慢慢地混進了他們家裡。有個傍晚，他們一起回到家時，牠站在門前喵喵叫。於是她給了牠一點牛奶，然後把牠趕走。隔天早上，牠又出現在門前，他們出門的時候，他朝牠丟了一顆石頭。到了晚上，她讓牠進了屋裡，因為是氣溫零下的天氣，牠看起來無處可去。早上，整間房子裡都是貓屎的臭味，這傢伙甚至沒學會上廁所。牠在他們腿上抱歉地嗚嗚叫，她則四處清理牠造成的戰局，並在地板噴灑氨水清除氣味。

於是，有關貓咪的爭執開始了。他把牠趕出門，她則重新讓牠回到屋裡。當他們躺在床上的時候，門外傳來一陣喵喵聲，她便會起床給牠一些食物，與此同時，男人的心裡生出一股難以理解的怨恨。「妳別讓牠進來。」他在她身後怒吼。可是，早晨，牠還是出現在客廳裡，並以一種優雅的姿態跳到她腿上。她會輕輕撫摸著牠說：「小貓咪，」然後又說：「如果你懂得自己上廁所就好了。」當他們在那股氣味中坐著喝咖啡的時候，她的臉色則顯得蒼白。她住院的時候，男人成功地把牠給弄走了。每一次當他看見牠在屋子附近徘徊時，都會朝牠丟石頭，還會因為沒丟中而感到懊惱。可是當她回到家以後，第一個問起的是貓咪。她站在屋外企圖把牠引出來：「小貓咪，出來啊，媽媽回家了啊。」而牠確實在她的叫喚下出現了，彷彿一直都在附近待著，等她回來。她把門階上的雪都清理乾淨，把這動物帶進了溫暖的屋內。她把臉頰貼在牠的軟毛上，眼眶裡泛著淚水：「可愛的小貓咪啊。」她輕聲細語地說。他討厭多愁善感，他也厭惡骯髒和凌亂。她可以把力氣和關懷用在其他地方。內心深處，他很慶幸她流產了。他們結婚的這六年以來，人生的一切都平穩地前進，而這個孩子將會顛覆他們整個人生。他們擁有自己的房子、精緻的家具、得體的朋友，老闆每個月會和他們共進一次晚餐。一個孩子意味著她必須放棄工作，他們的生活水平將會降低，他們的社會地位也將付諸流水。對他來說，這不過像是一場意外，他嘗試讓她理智地看待這個事件。然而她帶著一種溫柔的期待，生存在一個枯燥的數字和計算都無法進入的夢幻世界裡。「一個真實的、活生生的孩子，我們親生的，」她驚訝地說：「房子？那只是個死物啊。」

他覺得她辜負了他們共同的努力，她把自己從他身邊抽走，獨自和這個異物相處。彷彿是因為牠，她變得更年輕漂亮，而他只感到一絲嫉妒，因為他並不屬於她喜悅的任何部分。在他童年的家裡，一共有六個兄弟姊妹，他只記得無止境的哭鬧及為了金錢問題的爭吵，因為錢永遠不夠用。小孩使人貧窮。

貓是什麼時候出現的呢？應該是在他們剛發現她懷孕之後，然而實際上這兩件事情一點關係也沒有。一天早上，她病了，他們急急把她送入醫院，整件事不過只花了幾天的時間，他感到鬆了口氣。他們也無能為力啊，如果真的有了孩子，他們也能應付，但這樣是最好的。他帶著花去醫院接她，出於一股模糊的直覺，他覺得她應該需要被安撫，所以才買了花。然而她眼裡並沒有花，只是在車上笨拙且僵硬地一路把花捧回家。她讓他拍著她的手，但是那手在他手裡如同一個陌生的沒有生命的物體。「你把貓咪趕出去了嗎？」她問，他覺得這是一個奇怪的問題，但是女人毫無所覺。接下來的好幾天，他特別體諒她，獨自扛起了許多事情。夜裡，他會幫她洗碗，並忍受貓在四處走動。還有一次，他甚至親自清理了牠的排泄物。然而，當她看起來已經不再留意到他的體諒時，他便停止一切舉動，重新回到之前的相處情況。他們沒再提起有關孩子的事。只有一次，她腿上抱著貓咪坐著，說：「嗯，你心情好起來了吧？」他委屈地為自己辯護，然而，過了一段時間，他自己也覺得，事實上，或許他才是那個想要孩子的人，他獨自一人為一切的落空而哀傷。好吧，既然一切都落空了，他可以允許自己哀傷。只要她有她的貓，她就會快樂了。但是他絕對會結束這一切的。這永恆的瞎鬧。

他們一踏進門，臭味便撲鼻而來。他大動作地打開所有的窗戶。這傢伙現在就得離開。趁她在廚房的時候，他把牠從椅子上踢下去，而牠則像箭一般衝向她。他聽見她對著牠閒聊，並把牛奶倒進牠的杯碟裡。當她帶著水桶和氨水走進來時，他躺在沙發床上。她頭上綁著頭巾。清潔婦，他憤怒地想。

然而，看著她那彎曲、靈巧的背，忽然一陣溫暖的情感滑入他心中，他自己也吃了一驚。已經有很長一段時間，他不曾有過這樣的感覺了。「葛蕾特。」他叫她。

「怎麼了？」她並沒有轉身。

「過來這裡。」

他起身，安靜地站著，因她那清澈而充滿問號的眼神而感到羞愧。該死，他有點驚訝，我們已經結婚了。但是當她踩著她那理智的低跟鞋從他身邊經過時，忽然之間，一切看起來是如此不合理而又陌生，彷彿他未擁過她入懷似的。但是，這並不是我的錯啊。他悶悶不樂，有種無力的憤怒，他想，這一切的落空，我也無計可施啊！

他盯著關上的門，忽然看見了躺在書桌下的貓咪，正以狩獵者的眼光追隨著他。牠躺在那裡，一動不動、耐心地屏息以待，彷彿對老鼠進行埋伏。他安靜地站在地板中央，感覺到同一種潛伏的警戒充滿了他所有的感官。他朝那動物向前邁進一步，牠弓起背，輕輕地發出嘶嘶聲。於是，他環顧四周尋找可以擊中牠的東西，可就在他把眼光從牠身上離開的那一瞬間，牠躍起身來，從其中一扇打開的窗戶跳了出去。他把三間房裡的窗戶一一關上，再檢查大門和廚房後門是否都已經關上。他靠著廚房流理臺，看著他的妻子。她把一塊肉丟入機器裡，絞碎的肉從所有的小洞裡宛如修長明亮的蟲子般爬出來，她用手把碎肉接住，再放入碗裡。

她繼續專心地工作，同時說：「貓咪跑哪兒去了？」

他聳了聳肩：「我怎麼知道？」

她快速地抬起頭說：「你把牠趕出去了。」她的聲音因憤怒而微微顫抖。

「喔！那貓是讓妳變呆了嗎？」他說，並試圖想笑。

她洗了手，像是戴手套那樣一根手指接著一根手指，小心翼翼地擦乾。

「去找牠。」她平靜地說。

他把眼神移開。他想說些什麼，卻只感到喉嚨裡卡住了，彷彿在哽咽。到底發生了什麼事？他想，她幾乎在恨我。他的眼神變得無助，走過她身旁，從廚房後門走了出去。

「貓咪。」他嘗試把牠引出來：「出來吧，小貓咪。」如果貓咪能回來就好了，他想：這樣所有的事情都會重新好起來。但是牠並沒有現身。他到花園去找，所有的怒氣都消失了，取而代之的是一種巨大的、陌生的、無法形容的情緒。他在樹與樹之間尋找，他在被雪覆蓋的草地上尋找，他找尋著一隻只會帶來無限煩惱而毫無歡樂的小貓咪。這根本毫無意義。一直以來，他是個讓理智帶領自己的男人，並且因循理智而一步一步前進。他從來沒有任何慾望想去做毫無意義的事。他和一個來自良好家庭的漂亮女孩結婚，再過幾年，也許會升職成為辦公室主管，或許那個時候，他們便可以允許自己生個小孩。葛蕾特就可以不必工作了──「小貓咪，貓咪」──他以自己的生命來祈求，卻不知道自己如此究竟是為了什麼。他很害怕。他朝著一個未知的道路前進，他再也不認識站在廚房裡要求他把一隻骯髒且未經訓練的小貓帶回來的女人。他想要她和從前一樣，可以和她聊起家常瑣事。他想要把她擁入懷中並且再次感受到擁有的喜悅。或許他可以藉由那隻貓咪來收買她。

牠坐在儲物處的一個角落，他走近牠，牠嘶嘶作響。「貓咪，」他溫柔地輕聲說：「你別害怕，你到媽媽那裡去吧，來。」

牠穿越他的雙腿，從打開的廚房窗口躍了進去。當他進屋時，她站在那裡，懷裡抱著牠，淚水潸潸地掉落在牠的毛髮上。她親吻牠的頭、牠的小肉墊，雙唇緊閉著在牠耳後吸氣。他看見她渾身都在顫抖。他害怕地喚她：「葛蕾特。」忽然，她放開了那隻動物，彷彿從深度的睡眠中被驚醒了。隨後，她凝視著自己的手，那以無比熱情撫摸著貓咪的雙手。她抬起頭來，朝男人的方向猶豫地踏出了一步，隨即停下來，用手背擦了擦額頭。

「嗯，」她說：「我還是去把晚餐煮好吧。」

一股溫柔滲入他心裡，他想要走向她，抓住她的肩膀，以某種方式親近她，或許她在等待著，或許她在渴望著。但是，他忽然想起，鄰居剛才或許看見了他，在樹叢裡爬行著，喵喵叫。

他整了整領帶，重新走入客廳。貓咪跟著他，眼神沒有離開過他。而儘管他表現得若無其事，但是，他卻能一直意識到，牠就在身邊。

我的太太不會跳舞

她往門口走去準備接電話時，聽見了丈夫的聲音——她還以為他躺在沙發床上睡覺，或許是電話鈴聲吵醒了他——於是她轉身回到廚房。透過玻璃門，他的話彷彿從遠方傳來：**謝謝你們的好意，但是，我的太太不會跳舞**。

她停下來聆聽，血湧上了她的臉頰，而她的心開始狂跳，恍若有什麼危險正逐漸靠近似的。發生了什麼事？她驚恐地想，但是根本沒發生什麼事啊——他當然知道我不會跳舞，每個人都知道我沒辦法跳舞。如果有人邀請我們去跳舞，他提起這件事也是很自然的。

她在廚房裡繼續工作，心不在焉，身體也莫名僵硬。她從來沒有嘗試要隱瞞他，事實上也不可能對他隱瞞。他應該在第一次吻她時就知道了，或許他在遇見她以前就知道了。肯定會有什麼人在提起她的時候說：「她曾經患有小兒麻痺症，真可憐！」但這件事對他來說，也顯然沒有任何意義——這或許是她愛上他的真正原因？她從未在他的眼神裡發現過這種可怕的充滿體貼的憐憫。

她開始以一種機械式的動作，快速削著馬鈴薯皮，同時一直試圖安慰自己：沒事的，我只是恰巧聽見了（可是如果我在客廳裡，他也會這樣說嗎？）。電話究竟是誰打來的呢？或許是個對她一無所知的大學老室友。一股沉重的悲傷像某種黑暗無情的東西擊中了她，讓她無法逃脫。忽然之間，有些什麼已經不一樣了，雖然她無法確切地說明，那究竟是什麼。

每個人都親眼看見了，因此即使他們不討論，一切又有什麼分別呢？它總是如影隨形地跟著她，每天、每分鐘：在公車上、電車上，在商店裡，以及在那些長長的、長長的街上，那幾乎讓她無法不引人注意且悄悄逃脫的公開場所——甚至，更糟糕的——在每個下班的晚上，那群年輕人聚在角落，他們揭露一切、洞察一切的眼神比任何事都更折磨她——但是這些在她結婚以後，都不重要了，因為她已經被世界認可，是一個可以被渴望、被愛以及和他人一起生活的女人，就如其他女人一樣。當他們一起出門時，他有沒有也這樣想呢？

或許他總是這樣想的？又或許她僅僅在這個他們共同創造的家的四堵牆裡，催眠自己，讓自己陷入虛假的安全感中？在整個童年和青春期裡，她都抱著一種期待——期待自己能和其他人一樣，或者僅僅擁有其他身體上的缺陷，那些不會第一眼就看出來的缺陷：病態的臉色、過瘦的腳、醜陋的手——她現在又懷抱著這樣的期待了。她總是可以將這些缺憾掩飾起來一段時間，即便是對她愛的那個男人。或許某天在某次爭執中，他才終於脫口而出，而她才發現原來他根本一直都注意到了。於是她會覺得自己被揭穿，並且哭泣，彷彿她的人生和幸福整個被摧毀。雖然如此，對於那些只是偶爾或短暫接觸的人，她還是可以隱瞞一切。但是，一個跛腳的女人，卻無法隱瞞自己的跛腳，也不會在相同的情況下「被揭穿」。她跛腳的程度不會因為被提及而減輕或加重。就好像紅髮或兔唇，這是每個人一目了然的事實。而在這件事情上，她也不曾企圖隱瞞任何人。如果有人邀請她去跳舞，那麼她的丈夫提醒對方，她不會跳舞，絕對是一件相當自然的事。或許他的回答是淡淡地，不帶任何表態地，就如別人問他別的事情那樣，他會回答：我們的牆是蛋殼白，臥房是藍色的，我們結婚快半年了——這些都不會改變既定的事實。只有孩子們會大喊「該死的瘸子」，而且，他們只會對同時也是孩子的妳這樣叫。

她已經擺脫了童年的折磨，進入了有禮、體貼的成人世界裡。她已經能夠成功地不去揣想，當她不在場的時候，人們說了些什麼。此外，她有能力在其他領域裡表現自己。她可以如他們社交圈內任何一個男人那般侃侃而談，談著文學、政治、藝術和其他國家。她曾經在法國住了兩年，畫了些畫。她學會了和各類人士交談，也在各個圈子裡游刃有餘。然而，除了作為一種將人們的注意力從其他女性優美的雙腿和自然的步態轉移開的工具之外，她真的對這一切感興趣嗎？

她把馬鈴薯處理好了，呆立了一會兒，一隻手擱在洗碗槽上，另一隻手攪動著鍋子。忽然之間，她彷彿失去了沖洗馬鈴薯再將馬鈴薯放在爐子上的力氣。她在廚房的椅子坐下，用圍裙擦了擦手，然後就這樣安靜坐著，環顧四周，彷彿她是一臺基於某種理由在電流被切斷後還能繼續操作的機器，片刻後戛然而止，成了一個死物，完全無視於那一團團未竟的工作如何在巧妙的輪子和滾筒之間來回穿梭。

是的，每個人都知道。有時她可以和親密的朋友們談起這件事，當然，在家裡也可以，這件事在家裡已如母親的關節炎和父親永恆的頭痛一樣自然。

但是，她卻從來沒有對**他**提起。偶爾——尤其是在他們剛認識的時候——當她感覺到他幾乎要提起這個話題，或是想要幫助她，她便會站起來給他一個吻，或者問他一些其他的問題，轉移他的注意力。時間久了，他大約也就明白了，他永遠都不應該提起這個話題，因為這會毀滅她的幻想——至少對他來說，她是幾乎完美的，是世界上最漂亮、最受愛慕的女孩。也因為這樣，她才能成功地將這個詛咒從他們的婚姻裡、男人的眼裡和意識裡，以及她自己的內心分割出來——至少在這段時間內，在廚房、客廳，在一對新婚幸福夫妻的第一個家裡。她把自己一生中最大的不幸擋在這扇門外，只有在她離開家的時候，這一件黑色的斗篷才會再次降臨在她身上。因為在門外，世界一點也沒有改變，無論是陌生人眼中那種不帶任何人情味的注視，或是孩子們毫無掩飾的注視，都依然存在。

然而，如今有人把這扇門打開了，一陣無形的冷風對她吹過來，只針對她，只有她能感覺得到。而她不知道她該怎麼做，或者她為何必須做點什麼。但事情就是這樣。那句話依舊存在於她耳中：**我的太太不會跳舞**。她感到一種無力的苦澀，彷彿他對她撒了謊，彷彿他對她不忠。然而如果真的是這樣，她反而較易於承受，因為這種事可以發生在任何人身上，她也能夠和別人一樣去理解、考慮，並做出決定。可僅僅這一件事，她無法和任何人分享，尤其無法和現在正坐在客廳裡，邊翻閱著當天報紙邊等待晚餐的那個男人分享。

一陣冰冷的恨意流過她的感官。一無所知的他坐在那裡，等待著傍晚的悠閒時光。她並不想怪罪任何人。但當你一旦覺得被背叛，你**就是**被背叛了。

她起身繼續做飯。把肉排切好，煮醬汁。恨意如同一股明亮、強烈的火焰穿透了她的心，逼迫她的思想，使其偏離了正常軌道，此刻，站在這裡的女人，彷彿不是她，不是大約半小時前走入客廳準備接電話的那個女人。在這強烈的冷光中，她看見一個無足輕重的陌生人的身影，他羨慕她的能力，享受她的食物，並仰慕她那不屬於他的世界。他曾是如此恭敬地踏入她父母寬敞、穩固的客廳，當時他只是一個半工半讀的大學生，努力攀登她誕生及成長的文化。除了將她視為與他自己原屬的社會階層終極脫離的手段以外，她對他還有其他意義嗎？對他來說，她的腿只是交易的附帶條件！顯然地，他無法征服一個既有教養**又**漂亮的女人。

然而，恨和愛相同，毫無理性。恨的火焰是如此冰冷，燃燒起來一樣充滿痛楚。有另一個男人，他的影子，此刻她必須把他召喚到自己眼前，他曾經以他那溫柔的聲音及溫暖的雙手，保護著她，讓她遺忘。她不能讓他察覺任何事，或許（以一點微小徒勞的希望之火），所有的一切可以一點一滴回到從前。她會把食物端進去，以極其平常的聲音問他，是誰打來的電話。如果她不問，反而顯得奇怪，這會引起他的懷疑。懷疑什麼？她可以微笑著說：我聽見你說，我不會跳舞，但是，我只是有一隻壞掉的腳，實際上我**會**跳舞啊——或許，或許當他們之間能無話不談的時候，一切會變得比從前更好？

於是她告訴自己，他對她的愛不會比從前更多或更少，畢竟他已經娶了她——而每個人都知道他這樣做了——**儘管她的狀況如此**。恨意，以及那痛苦和虛假的幻影，緩慢地消失了。也許，他如此大聲地說出來，實際上是為了幫助她？然而一想到他可能早就知道她想要談論此事的焦慮，她的內心便充滿一種莫名的羞愧，而這比任何事都更難以承受。

她拖延著她的工作，她幾乎感覺得到，在那舒適的客廳裡，彷彿有一個強大的敵人在等著她。她不得不走進去擺好桌子，可是，她該如何注視著他的眼睛，同時表現得若無其事呢？

她緊張地把肉擺入碗裡，在托盤上擺好餐盤，她忘了鹽巴和胡椒粉。她走在長廊上，聆聽著自己的腳步聲——那顛簸的腳步聲，如他此刻聽見的，腳步聲逐漸靠近，就像每一個傍晚，卻又不像任何一個傍晚。

他放下報紙，對她微笑。他說：「聞起來真香。」她把桌子擺好，一眼都沒有瞧他。她暗自組合著那句艱難、意義重大的句子：我聽見電話聲了，是誰打來的？

她拖延著時間。等我們吃飯的時候，她想，當他專心吃飯的時候，他就不會看著我。

她去廚房拿杯子時，感覺他無情的目光滑過她的身影，以致她的動作變得不自在且笨拙，穿越走廊時，她那條又短又細的腳瘸得比平時更嚴重。眼淚在她眼眶內燃燒，那是仇恨和羞辱的淚水，那是她永遠無法自由流下的淚水。

當他們面對面坐下的時候，他清了清喉嚨，彷彿想說些什麼，同時好奇驚訝地看著她。她想都沒想，在慌張失措中打翻了水瓶，水灑在桌巾上。

「妳在幹什麼？等一等，讓我幫妳。」他的聲音很友善，有點疑惑，她一動不動地坐著，看著他去拿了抹布，小心翼翼地擦乾桌子，而她的心萎縮成一個硬塊：他什麼都不懂，對於我究竟經歷了什麼，他一點概念也沒有。忽然之間，她覺得他像是一個陌生人，一個碰巧在此刻和她共處一室的人。當她完全擺脫了他、擺脫她對他的愛、擺脫他們之間共有的一切，打從內心深處的寂寞，使她決定還是想要問他，電話是誰打來的——在他們目光交集的那一刻，她已經張開了嘴。他們沉默地互相凝望了片刻。他的眼神充滿善意、悲傷和明瞭。他們熱切地在尋找著一些什麼，或許僅僅是一種認可。認可什麼？話語停留在她唇邊，永遠都不會被說出來。

她悲傷且疏離地對他微笑。都過去了，她想，還沒，不是明天，嗯，或許她永遠都不會告訴他，這一切都過去了。

「我今天有點累。」她抱歉地說，他們開始用餐，同時小心翼翼地避免彼此眼神的接觸。

他的母親

那位年長的女士正在等待客人。但是實際上稱呼她為「女士」並不恰當，儘管從她的出身來看，她絕對擔當得起這個頭銜。因為「年長的女士」這樣的稱呼，總會讓人自動聯想到和藹可親、溫文爾雅、滿頭白髮或至少是端莊的形象。但是和藹可親不是正確的形容詞，你也不能說她溫文爾雅，她的個子太矮小了，駝背，而且過於邋遢，也完全跟端莊搭不上邊。她彷彿已經和這個鋪著地毯的客廳以及沉重結實的家具融合在一起，而這些家具很快就會被搬到她的兒子們明亮的新家，尷尬地存在，並且幾乎成為唯一會想念她的東西——如果你在這個場景以外看見她，你只會認為：這是一個老婦人；或者甚至覺得：這是一個**貧窮**的老婦人，因為這些年來她沒有為自己花多少錢，除了她在去年春天花了三克朗從二手商那裡買的一頂像鍋子的帽子，以及那件她花了五克朗請一位老裁縫幫她用她先生二十年的老外套改製而成的怪異連衣裙（她有尋找廉價勞工的天賦），他甚至還幫她用被蟲蛀了的舊窗簾縫製了一件有內襯、帶袖子的罩衫——就這樣，她希望她此生不必再購買任何衣物。這個時代，你花了錢都買不到值得的東西，更何況，她也不必再為什麼人打扮了——

這天是星期天，她在等候她的小兒子，他是大學生，實際上還住在家裡，但是一週裡有好幾天會借居在一些同學家。他今年二十七歲，一直延畢，因為父親意外去世，留下只足夠寡母維持衣食住行的一點錢，兒子們什麼都沒得到。於是他不得不在白天工作，晚上讀書。預先遺贈財產是不可能的事。因為儘管母親非常虔誠，但是她厭惡一切有關她某日終會死亡的提醒，而「繼承」一詞讓她聯想到忘恩負義的孩子、不恰當的喪酒、無能為力以及黑暗。她想，自力更生對他來說是好事，年輕人手上不該有太多盈餘的時間——

但是，無論他是如何做到的，他始終有時間找到女朋友。

她在丈夫的肖像前小心翼翼地揮動雞毛撢子，照片上掛著由藍色和黃色小花編織而成的永生花圈，當中穿插著一些凌亂而閃亮的山毛櫸綠葉。她在照片前停頓了一陣，有那麼一瞬間，她就這樣和周遭的一切，一起無聲無息且自然而然地滑落，那一刻，她比睡著的時候更接近死亡。而後，現實再次接住了她堅韌卻也脆弱的身軀；她微微顫抖，向牧師衣領上那雙平靜、近乎開朗的眼睛尋求幫助。「年輕人都不認真，」她沉重地說：「對生命不謙卑，沒有責任感。」

然而她依然熱切地希望，他們在結婚以前能夠保持潔白無瑕。她永遠不會忘記那可怕的一天，當她在兒子錢包深處找到一樣東西，對於那東西的用途，她一點疑問也沒有，一個人即使嫁給牧師且很快有了孩子，那也是上帝的旨意——那個晚上她哭著等他回來，兩指之間夾著那個無菌、沙沙作響的小包裝：阿斯格啊，你如此墮落，你是不再信任你的母親了嗎？

想起這件事，她的眼睛變得更陰沉及憤怒，她用雞毛撢子把放在書桌上的瓷磚小擺飾用力掃了一遍。然後她悶哼一聲，把一張椅子拉到水晶吊燈下，掀起裙子，露出穿著黑色襪子、粗胖且彎曲的短腿。她爬上椅子，借助一種你不會相信她擁有的伸展力，把綁在掃帚底部的一塊抹布往那微微叮噹作響的燈墜方向上下擦拭，最後還真成功地讓她抖落了一些灰塵，掉在鉤針編織的桌巾上；這桌巾，是為了今天這類場合才會鋪在那張圓形的大桃花心木桌上。

他會在下午三點鐘帶著那位年輕的女孩到來。然而現在已經快四點了。她爬下來，用掃帚支撐著，稍微站了一會兒，並環顧客廳，企圖以她微弱的視力發現一些過於明顯的塵埃。她看到了妹妹嚴厲且僵硬的表情，以不同的年齡在不同的攝影作品中，從各個角度注視客廳。她為這個可憐的人兒在精神病院可能遭受到的無人知曉的待遇，深切地、長長地嘆了一口氣，因為妹妹已經無法從沉重且混濁的思想泥沼中釋放出任何想法。「可憐的小奧娜絲啊！」然而她的思緒隨即飄到妹妹的孩子們身上，其中，她的大兒子——最後一次見到他時，他還是個小孩——此刻患了嚴重的肺炎，而儘管如今已有許多治療肺炎的方案，事情卻總是難以預料。上帝的行事作風總是叫人難以理解。

這位老婦人的一生充滿了不幸，最近一次的遭遇對她來說是最沉重的。她以真正的天賦把這些全盤吸收與接納。如果把兄弟姊妹的孩子和姻親都算進去的話，她有一個大家庭。而，在這樣的大家族之中，總會有個胎死腹中的嬰兒、一個出軌的成年兒子，或一個未婚生子的女兒。奇怪的是，她總是第一個知道的，而這些事總是讓她感到心酸、沉重及難以負荷。啊，還有什麼是我們不必經歷的，幸好父親已經不在人世了！她所經歷的一切真叫人感到不可思議啊，甚至是她從和推銷員及公寓內其他居民對話裡得知的那些鄰居們的哀傷，或周遭人們所發生的意外事件，也都為她帶來沉重而痛苦的打擊。可是漸漸地，一切都融合在一起了，因此當她發了瘋的妹妹完全斷絕了和所有人的聯繫時，她的感覺並不比她聽見一個女性親戚的孩子（她從未見過面的）摔腳踏車而斷了一條腿來得糟。

當鑰匙被插入鎖孔時，她的心揪了一下，彷彿她正等待著一個關於近親死亡的消息。啊，上帝啊，她嘀咕著，她的一雙短腿左右擺動，踩著快速的小碎步走到廚房裡，把在煤氣爐上煮了一個小時、幾乎燒乾了的茶壺熄了火。廚房裡煙霧瀰漫，彷彿著火似的，她呻吟著掀起裙子，爬上廚房的椅子，伸手試圖用掃帚柄推開流理臺上的窗戶，雖然，她知道她絕對無法如此成功地將窗門扣在鉤子上，也曾經以這種方式打破了許多窗戶的玻璃——

——

她走在他前頭，走進了那間黑暗的、等候著他們的房間，她那雙清澈、冷漠的眼睛驅逐了所有的恐懼和抑鬱。他們發現，都是一些破舊的東西，除了一張美麗的橄欖綠的轉角型沙發，以及一張精美雕刻的縫紉臺。天知道在我們結婚以後，她會不會放棄這些東西？一個老太太要這麼多家具做什麼呢？

忽然之間，他的母親就像一陣迎面吹來的冷風般站在她對面。以一種彆扭的親切把她拉下來，在她臉頰兩旁印上潮溼的吻：「妳好，歡迎，我希望妳在這裡會覺得自在。」然而她的聲音卻充滿痛苦和悲哀，彷彿她可以預見，這個人不僅會在不久的將來陷入慘境，還會成為後果無法預測的新的不幸根源。

這個向來不會害羞的年輕女孩，感到一種怪誕的彆扭，彷彿她在這個矮小的老人家面前無所遁形。老人棕色的目光，沉重，如無翼的爬行動物般滑過她清新的身軀，帶走了她的部分青春，並逐漸往上，直到兩雙眼睛相遇，給年輕女孩帶來一種微弱的、怪異的焦慮感，而她不自在地嘗試微笑，這個舉動溶解了母親沉重而多變的面容，「好吧，」她嘆息，「我們最好還是互相以『妳』稱呼對方吧。妳坐下吧，我來泡茶（儘管我們毫無疑問地將會在一切失控以前都死掉）。」

當她背對著鋼琴，在鋼琴椅坐下時，阿斯格對她鼓勵地點點頭。他坐在窗戶旁的搖椅上。這老婦人是他的母親。曾經，她把他抱在胸前。曾經，她也是個年輕女孩，儘管這叫人有點難以想像。他的眼睛是藍色的，而且他的嘴角總是掛著一抹微微顫抖的微笑。她愛他。他根本不像這個傷心的老人，一點兒也不像。在他還是個孩子的時候，曾經在這些家具當中四處爬動。他看待事物的方式和她完全不一樣。這是理所當然的。在窗戶與窗戶之間的牆上掛著一幅他孩童時期的畫像。她指著畫像說：

「原來你小時候那麼可愛。」

「我長得像我爸。」他說，同時望著寫字桌上那張掛著永生花圈的肖像，問：「妳不覺得嗎？」

她站起來，走到那裡，端詳著那一雙清澈、友善的眼睛，心情也變好了，因為，確實，他像的是爸爸。她走向他，用手指穿過他濃密的棕色髮絲。對她來說，離開他稍微久一點，都很難。

「你媽總是那樣——那樣悲傷嗎？」她小心翼翼地問。

他想了一想，然後解釋說：

「她是另一個時代的人，妳必須理解，她幾乎可以當我的祖母，我大哥也快五十歲了。」

他大笑，對著父親的照片點頭說：「老人家生氣蓬勃啊。」

她也笑了起來，接著看了看她的腕錶。外面陽光燦爛。就在外面。看起來，陽光似乎努力地想透過玻璃窗照射進來，卻徒勞無用，最終只能放棄，從牆壁上滑落，回到屋外。或許，這裡在上午時分也有陽光照耀。

一個老人的孩子，她忽然想到，並想起某首詩裡的一句：**誕生於疲憊的下身**。她隨即被自己的想法嚇到了，不得不走到他跟前跪下，用雙手托住他的頭，凝視著他美麗的唇和疲憊疏離的目光，以及他修長的雙手，那是一雙躁動不安的手，老是不停地擺弄菸斗或香菸或者在所有口袋裡翻找菸草或零錢。他非常健忘，總是對於自己的存在有點遲疑，彷彿一個無論身在何處，都不曾把任何感官帶著的人。

他沒有吻她。他緊張地看著門。

「注意點，」他急忙說：「媽媽來了。」

他跳起來，從母親手上接過托盤。托盤又大又沉重，她究竟是如何捧著托盤走了那麼遠。

那年輕的女孩站起來，臉微紅，在他母親坐下、喘息的時候，她開始把杯子一一擺好。

「阿斯格，」她抱怨：「你可不可以幫我把廚房窗子打開，然後把鉤子扣起來？」

他離開客廳的時候，你可以看到他的背影，如何警覺地知道他正被觀察著，而她忽然對他充滿魅力的笨拙升起一股柔情，他那夢幻般、不切實際的人生觀，以及他那能為一些小事就感到快樂的迷人能力——他眼邊的笑紋，肯定是遺傳自父親，因為他母親大概沒有微笑的能力。是啊，她這一生究竟有沒有笑過呢？

她猶豫地對老婦人微笑，她則緩慢且哀傷地對她點頭回應，哀嘆了一聲說：「嗯，我們只能希望，這段關係會是一個祝福。」

「是啊。」女孩輕聲回答，一股陰影掠過她易感的心；老婦人那雙充滿不幸的眼睛裡，有一抹光，映照在女孩毫無掩飾且充滿疑問的目光中——無形的塵埃覆蓋在她臉上，在那一瞬間，女孩彷彿就和照片裡面的這些人融為一體，如影子般存活在這些家具當中、存在於沒有一朵花能夠茁壯成長的窗臺上。

阿斯格回來的時候，他母親倒了茶。她和他一樣有著骯髒的指甲，對他來說，那是因為他一直擺弄菸斗，或者因為他健忘，這些都無關緊要。但是一位老婦人，她想，至少也得保持自身的乾淨。

他們三人圍坐在一張大圓桌旁，相距甚遠，以致他們不得不站起身，才能搆到那一盤餅乾或者那精緻的藍色糖碗。年輕的女孩因夏天赤裸的雙腳而感到一陣寒意，而在老人暗沉、吉普賽式的棕色皮膚旁，更顯得蒼白。阿斯格從糖碗裡舀了兩次糖，在糖融化許久之後依舊不斷地攪動他的湯匙。他們必須重複對他說相同的一件事，他才會把目光從滯留的遠方移開，甩甩他年輕的頭，看著對他說話的人說：「對不起，妳剛剛問了什麼問題？」她曾經覺得他這樣很迷人，有時還會開玩笑地用手在他眼前來回揮動，看看他究竟是否意識清醒，但是即便這樣也不一定能把他喚回來。從哪裡回來？

他在母親家時總是感到無聊。這是理所當然的。這裡的悲傷永無止境。她用陰沉、單調的聲音講述著最近發生的不幸事件。關於日前從廚房後樓梯掉下來的小女孩，以及關於她那無法聯繫上的妹妹。「但是她絕對不是瘋子，因為，很明顯的，她認得我，然而在這樣一個可怕的地方，她肯定感到非常不快樂！」

阿斯格溫和地笑了笑：

「一直以來，奧娜絲阿姨總是有點古怪。」

他大快朵頤，可是那年輕的女孩坐著，痛苦地喝著茶。她感到一陣噁心。她偶爾會有這樣的反應，比如聞到醫院的味道時。她向阿斯格要了一根香菸，貪婪地把菸吸入肺裡，彷彿吸入的是新鮮空氣。

「啊，妳也抽菸。」他母親嚇壞了。忽然之間，那女孩以嚴厲的眼神看著她，心想：「妳休想把他從我身邊帶走！」這個想法讓她自己感到驚訝。當然沒有什麼能讓她停止愛阿斯格，或者讓阿斯格把心思從她身上移走。

那些照片凝視著客廳。泛黃、半褪色的穿著高領襯衫的大鬍子男人，以及充滿美感光影效果的現代藝術風格兒童肖像。暗沉或明亮的眼睛、嚴肅或微笑的臉孔，有些如同阿斯格的母親一樣擁有沉思、凝重的眼神，有些則眼神空洞、毫無表情，他們彷彿從墳墓的另一端觀察著這些他們曾經觸摸過以及坐過的家具。很快地，她就會加入他們、認識他們，並與他們產生關聯。而她的孩子將會永遠屬於這個家族，並擁有屬於這個家族的共同特徵。

此時，他母親站起來，開始介紹死去的與尚在人世的家庭成員。在那美麗的縫紉臺上方站著她的三個媳婦，她們面帶微笑，彼此間有著些微距離，彷彿是要和這個塵世中的人群保持距離。其中一個戴著眼鏡，有一張和藹可親的圓臉。她們大約每個星期天都和老婦人的兒子們和孫子們一起來訪。她們對那張圓桌非常熟悉，就如對老人的親吻和哀嘆那般熟悉，或許她們甚至還嘲笑她，並想起她們第一次來訪時，年輕且在戀愛中的她們如何被她所驚嚇。在那張縫紉臺上，應該還有空間可以再放一張照片，而鋼琴上頭也還可以放幾張孫子女們的照片。

在母親忙著展示照片的同時，阿斯格坐在搖椅上替菸斗塞菸草。他應該迫不及待地想離開這裡，但是他控制著自己，人們總是這樣對待自己的父母。他曾經說過：「畢竟我是她最小的孩子，她一直把我當小孩子看待。」

「嗯，這是奧納特阿姨，她去年過世了，她臨終前非常痛苦——而這個是我的長子，他在霍爾斯特布羅（Holstebro）那裡當醫生——」這位醫生嘴巴輪廓模糊、鬆垮，眼睛非常明亮，以致在照片上看起來幾乎毫無表情。他是像父親還是像母親呢？下一位是社區學校的老師，他絕對是像母親，但是看起來更為纖細、悲傷，彷彿不懂得生存之道。他以那雙棕色的眼睛，疑惑地看著這個年輕女孩。

「他看起來不像阿斯格。」她說，懷著一種幾乎要掉淚的喜悅，慶幸他們長得不像，儘管她並不知道自己為什麼這樣想。

她看著她愛的這個男人。他在看報紙，交叉的雙腳和他三個嫂嫂一起擱在桌上，報紙後冉冉升起藍色的煙霧。他的下巴構成一個銳角，順著頸項滑下去。這顯示了他是一個有個性以及堅定的人。是的，他的下巴確實有如此畫龍點睛的功效——

這是一個永無止境的照片展。外面陽光明媚。她想建議阿斯格之後到樹林裡去散步，然後他們可以躺在他的大衣上，仰望那美好的亮綠色，一直到傍晚的暮色和涼意迫使他們面對面，而他將會以他年輕健壯的身子溫暖她，然後把她心裡那股莫名的焦慮吹走，並承諾他永遠不會再把她帶到他母親家裡去，至少她只需在其他人也在場的生日會或其他類似場合出現。此外，他也得幫幫她，而不只是坐在那裡恍神。忽然之間，她對他感到懊惱，無論他去什麼地方，總是如此自然地就和那場景融合在一起，並不是因為他喜歡那個地方，而是他的個性裡有著一些無法讓人穿透的東西，而那一直是他的一部分。剛開始時，她以為只有和她在一起的時候，他才會這樣難以擺脫他自己的存在，但是即便在電影院裡，電影結束以後，他也不太能就這樣起身離開。他自己也很清楚這一點。這是一種慣性，他說。

「這就是我之前提到的奧娜絲阿姨，這張照片是她第一次入院不久之前拍的。」

女孩看看他母親，再看看照片，然後馬上又回頭。她看不出任何差別。

「可是，她看起來就和妳一樣。」她驚訝地脫口而出。

老婦人意味深長地點了點頭。

「是啊，我們現在真的很像，無論思想還是外表，但我們不是一直都這樣相似的。」

她搖搖晃晃地走到書桌前，在抽屜裡翻找，找出一張褪色的舊照片，照片上是個年輕女孩。一位非常漂亮的女孩，一頭金髮梳成髻，赤裸的脖子上綁著一條天鵝絨絲帶。她的額頭高而寬，棕色的眼睛斜斜看著前方，嘴角掛著一道神祕的微笑。

「這是奧娜絲二十二歲的時候。」

那年輕女孩猶豫地接過照片，拿在手裡看了許久。然後，她對著空氣說：

「嗯，我覺得她像——我的意思是，我可以看得出一種相似度，在她和……」

忽然之間她感到一陣寒意從腳底往上爬。這兩個女人同時看著阿斯格，他正要清理他的菸斗，什麼都沒看見也沒聽見。於是那老婦人點點頭：

「是啊，嘴巴的部分。」她有一點得意地說，又或許僅僅是當家長看到孩子身上有自己的特徵時那種滿足感。她專注地看了看女孩，稍微提高聲調，再說了一次：「嘴巴確實有驚人的相似之處。」

而他所愛之人並不明白也不知道，為什麼這一切是那麼可怕。她也不知道，在她離開這客廳和這氛圍以後，那究竟是不是，或者會不會是，她此生未曾經歷過的一種焦慮，將會無情地將她包裹，當她意識到，照片中的那個女孩——那個後來發了瘋的女孩——她有一張輪廓模糊的小嘴，帶著小小的笑紋，一直延伸到臉頰，和阿斯格一模一樣。

當他們走到街上時，他深深地吸了一口氣。

「如何？很糟糕嗎？」他溫柔地帶著捉弄的口氣問，她沒有回答，他再問：「已經過去了啦——我們現在要做什麼呢？現在去樹林裡走走會不會太晚了？」

他心情極好。他熬過了無聊的時刻。但是女孩在旁邊看著他，眼裡泛著淚光，她極愛的那張嘴，對她來說已經毀了。到目前為止，就只是這樣。

於是她說：「不，你知道嗎，我有點累了，我想，我還是回家好了。」她緊迫地想回家，一個人待著，在眼淚完全決堤以前——哭泣是為了一些或許尚未被破壞，但是再也無法和從前一樣的事物。

而，在樓上，窗簾後面站著那位看著他們的母親，她紋風不動，未被發現。她漆黑的眼裡充滿濃烈的情感，而她手中，還握著她生病的妹妹的照片。

夜之女皇

葛蕾特幫母親端著鏡子，母親則在臉上撲粉，並把白色的天使假髮往額頭上壓下去。

她跪在桌旁的一張椅子上，倚靠著桌子，從鏡子後往前看，嘴巴微張，圓圓的眼睛裡閃爍著仰慕。

「哇！這個太棒了。」她說。

「噓，妳別把爸爸吵醒了。」母親緊張地低聲說，她皺起眉頭，用一支粗胖的油蠟筆為眉毛著墨。她轉過頭，瞇著眼對鏡子凝視，考慮著眉毛該往太陽穴的方向延伸多長。在白色的假髮襯托之下，她咖啡色的膚色更明顯了。葛蕾特向前伸了伸手。

她輕聲說：「我可以摸摸看嗎？」

「把鏡子端正。」

葛蕾特把手縮回去。

「啊。」她驚嚇地脫口而出。

白色的髮絲刺痛了她的手指。

父親在她身後的沙發上動了動，她們兩人同時僵著身子，直到他再次安靜下來。

葛蕾特坐到了桌上去，因為桌緣把她的肚子壓痛了。她身旁放著一支橘色的唇膏，是搭配白髮用的，另外還有一盒黑色眼影，中間被口水沾溼了。黑的、紅的、白的、銀的。母親移動的時候，會發出叮叮噹噹一陣聲響，真好聽。味道也很香。父親在她們身後睡覺。他得上夜班，而母親明天一早得在他下班還沒回到家前趕回來。嘉年華慶典的化裝舞會當然是要通宵達旦才好玩，但男人是絕不會明白的。男人都不會參加化裝舞會啊。在母親尋找舞會服裝設計圖的雜誌上有些男人的照片，他們看起來都很蠢。男人去上班工作，下班後就是回家睡覺。嘉年華慶典是屬於女士們的。

葛蕾特很慶幸，她不是男孩。

她終於可以把沉重的鏡子放下，好好地仰慕她的母親；她站在餐具櫃前，雙手掀起黑色的塔拉丹薄網紗，看看能不能覆蓋她的頭。母親是如此漂亮，葛蕾特不禁紅了臉。她光著脖子和手臂，身體其他部分被一克朗一公尺、一共十一公尺長波浪般的塔拉丹薄紗包覆（但是她們對父親少報了一半價錢），上面貼滿了閃亮的銀色亮片。每一個亮片都是用手縫上去的，當她緩緩轉身時，天花板上的燈泡把它們照得閃閃發亮，在小小的客廳裡，響起一陣叮叮噹噹，氣味芬芳，一切都顯得極不真實。

她對著女兒微笑，小心不讓臉上的妝留下皺痕。

她快樂地問：「我漂亮嗎？」

葛蕾特熱切地點頭。

這套服裝叫「夜之女皇」，是整本雜誌裡最漂亮的。去年母親裝扮成「十八世紀的車伕」，穿的是藍黃色的綢緞男裝及膝短褲，戴著高高的黑色紙帽。那一套服裝只花了兩克朗，但是父親一如既往，還是計算出這些錢可以用來買多少包燕麥或多少磅胡蘿蔔。真是胡鬧啊。他們總是可以吃到燕麥粥和胡蘿蔔，可是母親並沒有多少歡樂時光，而且父親有大半年的時間都在失業中，這也不是母親的錯，她還不是得去別人家幫忙打掃清潔。

葛蕾特完完全全相信，如果父親不在，一切都會很美好，因為只有父親可以讓母親心情變壞——還有當鄰居太太們在背後議論她的時候。她們總是很多事。母親說，她們嫉妒她的青春，她絕不會因為嫁了一個不愛跳舞的男人而放棄自己的享受。葛蕾特滿十四歲時，母親會帶她去參加舞會。還有四年的時間。到時她要裝扮成「夜之女皇」。臉上有顆痣，還有一頭絲般的白髮。或許再加上一把黑色的扇子。昨天，葛蕾特在街上走了一整天，嘗試找到這樣一把扇子，但是化裝舞會的商店裡只剩下有顏色的扇子。事實上，根據雜誌的分類，黑色扇子應該是屬於「卡門」裝扮的一部分，但是母親很喜歡把它作為她的服裝配件。此刻母親只是將就地配上一個小小的黑色緞面手袋，那是她在某個曾經當女傭的人家裡得到的；此外，當然還要加上一張有流蘇蓋在嘴上的半臉面具。

父親張開了眼睛，原來他根本沒有睡著，否則他通常會在醒來時發出吵鬧的聲響。但是她們可以感覺到，他躺在那裡看著她們，而母親的笑容消失了。

葛蕾特坐下，並轉動手指上的一枚幸運戒指，一顆心因害怕而跳得飛快。

「聽著，」他悶聲說：「妳看起來就像嘉年華會的裝飾品，妳簡直是個笑柄，妳這個老稻草人！」

葛蕾特感到背後一股刺痛，彷彿被人狠狠地抽打了一頓。她的眼睛裡閃爍著對父親的恨意。她壓著中指戒指上的金屬鑲嵌物，以致手上出現一圈白色印記，再逐漸變成紅色。她一動也不敢動，深怕母親無法在完好無損的情況下出門。她聽見母親在她身後急促的呼吸聲。

父親坐在沙發邊緣，雙腳在底下搜尋著他的拖鞋。他的人中上有些汙垢。他的目光沒有離開過母親。

「妳明天該這樣穿去工作，」他嘲弄地說：「如果妳找到一個願意幫妳付錢的瘋子，搞不好還可以搭計程車去。」她沒有答話。葛蕾特聽見她走到玄關，穿上大衣。面具在桌子上，但是葛蕾特不敢拿給母親，因為她不想讓父親的注意力集中在自己身上。如果他能從鷹架上摔死——或者淹死在泥灰坑裡——一切都會變好。

眼淚緩緩地滴落在汙跡斑斑、空蕩蕩的桌面上。葛蕾特咬著指關節，嘗試想著化裝舞會。想著「夜之女皇」在眾多燈光的照耀下，其他的愛神、跳舞女郎和卡門如優美的影子圍繞著她。光亮的鑲木地板和顫動的小提琴哀歌。「夜之女皇」帶著疏離、溫柔的眼睛，如夢似幻地滑進來。在她身後，亮片如銀色月光般抖落。她牽著葛蕾特的手走進光芒裡——

大門被甩上，只聽見一陣急促的腳步聲逃下樓梯。

葛蕾特小心翼翼地轉過頭來，看到父親坐在沙發上，眼神空洞地瞪著客廳看。她轉過身，開始整理母親留下的凌亂。已經沒有什麼事好怕的了。通常，當她獨自和父親在一起時，她並不會感到恐懼。有時候，他甚至還嘗試取悅她，但是他對服裝、唇膏和跳舞一無所知。他想要她閱讀《格林童話》，但是這些故事真是極其無聊，只適合小小孩閱讀。她更喜歡繼續閱讀《家庭》（*Hjemmet*）雜誌上的連載小說。小說寫的是，關於一個年輕富裕的女孩不知道那些年輕男人究竟是否為了錢想和她在一起的故事。其中一個似乎在她的食物裡下毒，但是這得等到下一期才會揭曉。母親也在讀這篇小說。這與閱讀不存在的精靈和巨魔的故事，是完全不一樣的體驗。

在鏡子的遮蔽下，她讓橘色的唇膏滑過雙唇，她揚了揚眉，微微歪著頭，對鏡子裡的自己深情微笑。她把光滑的頭髮往上梳，想像著燙了髮的自己會是什麼樣子。母親答應了她，下個月一日，當她發薪以後，會帶她去燙髮，而她們當然不能讓父親知道。如此一來她也很難跟父親解釋，她的頭髮為什麼忽然之間變成捲髮。想到這裡，她掩嘴傻笑。她斜視著父親。他依舊以同樣的姿勢坐著，身體向前傾，巨大的雙手握在一起，彷彿在對自己問好。

葛蕾特從椅子上站起來，向他走去。

「爸爸。」她遲疑地叫他。

他看著她，充滿疑惑，像是不記得她究竟是誰。他的眼神看起來是如此悲傷。但他其實不必對母親如此刻薄。他還說她是個老稻草人！

他的眼睛讓她胸口一緊。她轉身離去，開始撿拾地上的衣服和亮片。她把其中一片拿在手中。不過是一片弧形的金屬。

父親站起來，看了看時鐘。他清了清喉嚨。

他以一種平日的語調說：「嗯，我得準備出門了。」葛蕾特稍稍鬆了一口氣，對於要父親死在泥灰坑的想法感到後悔。但是他為什麼總是讓她們那麼害怕呢？她無法問他任何問題，也無法像和母親那樣和他聊天——母親什麼都對葛蕾特說。

他開始穿上靴子。

「妳不害怕一個人待著嗎？」他以一種奇怪的、充滿愧疚的語調問她。每當他嘗試友善地對待她時，總是使用這種語調，即便他正在對母親生氣。

葛蕾特把頭髮往後撥，勇敢地對他微笑。她確實**有點**害怕，儘管這樣有點兒傻。

「不會啊，」她平靜地說：「睡著的時候，你就無法害怕了。」

父親沙啞地轟聲大笑，讓葛蕾特心裡有些明亮的東西跳躍起來：如果，他可以一直這樣友善和心情愉快，那該多好啊。

他隨即把便當盒塞入口袋裡，笨拙地摸了摸他孩子的頭髮。

他問：「妳長大以後，想做什麼？」

「夜之女皇。」她興奮地說，但是她看見了父親表情的變化，馬上宛如躲著巴掌般，低了低頭。不過，他沒有打她，他只是轉身離開她，不說一句再見便出了門。

葛蕾特對著那扇關上的門，有點困惑地站了一會兒，隨即感覺到自己快凍僵了，於是走向溫熱的壁爐向裡面看了看。早上燃燒過的灰燼堆在前面。她應該上床睡覺了，但是她還得先把東西都收拾好。父親為什麼忽然那麼生氣呢？要是母親能趕快回家就好了。

她彎身用一隻手把髒東西掃成一堆。她也可以到廚房去拿掃帚和畚箕，把髒東西都掃起來，但是每當她一個人在家的時候，從來都不喜歡製造任何噪音。她把那堆東西丟進灰燼裡，然後跪坐在地盯著它們。她忽然伸手撿起從天使假髮剪下的一撮捲髮，緊緊地握在手指間。它像蕁麻般刺痛，但她將它握得更緊了。

那肯定是玻璃做成的，她想，並感覺到一陣暖意從臉龐滑下來，為這種事哭泣真是愚蠢啊。

畢竟，她早就知道了它會刺痛她。

住宅區的某個早晨

秋天，但是那孩子堅持認為是冬天，因為她凍僵了，而且，這是她第一次穿上她那件新的棕色冬季大衣。一大早，儘管她的哥哥還在睡夢中，她就被漢生叫醒了。空氣中有一種不尋常、歡慶的氛圍，但是她實在太睏，一時之間沒有馬上想起來，究竟有什麼事即將發生在她身上。

漢生的聲音異常含糊，在幫小女孩穿上衣服前，她輕撫著每一件衣服，彷彿它們有生命似的。那孩子更清醒了，專心地看著眼前這個她認識了（她短暫的）一輩子的人。「妳為什麼哭啊？」她驚訝地問。但是漢生在生氣，喃喃自語地說她感冒了，感冒導致她紅眼。她根本沒有哭。

此時那孩子忽然意識到，今天是什麼日子，於是她圓圓的小臉上爆出一個微笑和一連串的話語。「我要跟爸爸出門旅行了，漢生，妳知道嗎？我可以跟奧勒說再見嗎？爸爸媽媽起床了嗎？」但漢生只是叫她噤聲，輕聲細語地責怪她：「不要吵醒奧勒，爸爸應該起床了，但是媽媽還在睡覺。」

她隨即把女孩從黑暗、溫暖、散發著小孩熟睡時濃稠甜美氣息的兒童房拉了出去。

那孩子穿上了生日時穿的連身裙，想要看看鏡子裡的自己。她的家務助理把她抱起來：「來吧，妳將要跟爸爸一起出門；但妳要知道，奧勒肯定會難過，因為他不能去。」從鏡子光滑的表面上，一雙好奇、生動的眼睛凝視著那孩子，可是那雙眼睛後面亮著一張潮溼且蒼白的大人臉孔，而那孩子忽然抱緊了女孩的脖子。「我什麼時候回家？」她問。她的聲音裡有一點點、短暫的焦慮。漢生沒有回答，小心翼翼地把她放下，開始用微微顫抖的手梳理她那一頭金色長髮。過了一會兒，她才成功地以一種自以為聽來相當雀躍的聲音說：「不會太久的。」忽然之間，她想起太太許多的人生規則。其中一個是：我們一定要對孩子們說實話。此刻，她寧願活生生地被剝皮，也不願意說實話。她內心滑過一股對這孩子母親的怒意，這孩子是她此生接觸過的所有孩子當中，最愛的一個。他們彷彿在分配家具般地分配小孩，她這樣想，同時聽見父親沉重的腳步從樓上傳來：可憐的人，他的一生都被她打成碎片了。當太太生病，必須讓小孩和她隔離時，她忘了自己對太太那謙卑的溫柔，而當太太康復以後，她在早晨沐浴時唱歌，無憂無慮且幼稚，一切都是圍繞著**她**。這種人，她隱約地想；但是她的想法無法繼續下去，因為悲傷再次壓倒了她。眼淚無聲地滴落在孩子淺色的髮上——那一頭長髮如光環般圍繞著她至愛的小小臉蛋。

父親從樓上走下來，她一眼就看出來，他沒有睡飽。他眼睛下有黑眼圈，而這個年輕的女孩不敢接觸他的目光。她到廚房裡煮咖啡，那孩子跑到父親跟前，他把她抱起來，嘗試對她微笑：「克爾絲汀，妳想跟爸爸出門旅行嗎？」她好像一個充滿活力的快樂小球那般跳下來，開始跑上樓梯，因為如果媽媽不一起去的話，整件事好像也不算真的美好。父親嘗試阻止她，他和漢生一樣柔聲地說：「媽媽應該還在睡覺。」他仍然站在樓梯口，手指梳過頭髮，動作充滿困惑，而小孩則跑進了母親的臥室，那裡散發著由香水和夜晚和母親的味道交織而成的一種家常的好聞氣味。當她躺在溫暖又撫慰的懷抱裡時，感到了臉龐溼溼的，而那股淡淡的、無以名狀的焦慮在那一剎那間回來了，「妳為什麼哭泣呢？媽媽，我還是會回來的啊！」母親沒有回答，但是把小女孩拉得近了些。於是她們就這樣安靜地躺了一會兒，孩子驚訝且不耐煩，而母親則被哀傷和愧疚摧毀了，整個身軀如暴風雨中的小樹般顫抖著。顫抖著，卻動也不動。在她和孩子之間，站著一個隱形的身影，一個無法抗衡的力量。幾個小時以後，一雙強壯的手臂將會取代孩子嬰兒般純淨的擁抱。愛人的聲音將會安撫她並解釋一切。花園裡秋天美好的氣息、花香和漫漫長日的幸福，都會減輕這種思念，她知道並感受到了自己的軟弱與不足，「親愛的上帝啊，」她祈禱，「請讓這一次的道別成為我生命中的最後一次道別。」

那不安的小小身軀掙脫了她的懷抱。孩子想要她分享自己的喜悅，並嘗試如往常般把她拉下床來，這樣一切便都會好起來的。「起床了，媽媽，」她喊：「妳要來看搬運車，妳要跟我們說再見，我要穿上我的大衣——冬天了，媽媽，妳記不記得那一年的冬天，妳和爸爸和我和奧勒一起坐雪橇？」

母親換衣服的時候，她留在樓上。咖啡的香味和一股不安的氣息飄到臥室裡來。孩子的哥哥醒來了。再過一會兒，他會跑上樓來說早安，並且肯定會抱怨，因為他不能和爸爸一起出發。爸爸在另外一個城市裡找到了工作啊！孩子們為了逃避無法承受的真相，情願被欺騙。

當母親在梳妝臺前梳頭的時候，那孩子毫無表情地站著。很快的，搬運工人就會相繼而來，把那些他希望帶走的家具搬下去。她曾經請求他，只要能讓她留住兩個孩子，她願意離開，把一切都給他，讓他留在這屋裡。反正父親們只要一段時間內沒見到孩子，就會忘了孩子。然而，事實上，她又知道什麼呢？如果她真的確定這一切，她會援引法律，畢竟法律在極少的情況下才會把小孩從母親身邊帶走。她對任何事情都不確定了，她不習慣自己獨自做重大的決定。兩個男人要求她做出這個犧牲。「妳不能奪走他的一切。」她虧欠了兩個男人。但是一個人總不能犧牲一個孩子吧？當然可以，她做到了。她獨自一人，一切都是她的錯，而無辜的人總是得付出代價。此刻，在這房間裡，孩子坐在她身上，她卻是全然孤獨的。即便是那些家具，看起來也從她身邊淡出了，一切她所熟悉的東西，片刻間都飄散在霧裡。啊，可否讓一切都回到從前？然而一切都和從前不一樣了。人生改變了：激情、冷漠、死亡。她害怕那個孩子，害怕在樓下等著她的每一個生命：漢生小姐含著淚水、責備和不解的眼神，奧勒的疑問以及她丈夫痛苦的臉孔。啊，上帝啊，這孩子！要是她能再小一點，或者再大一點就好了。我們愛的那些人——她一邊想，一邊在自己蒼白的臉上撲粉——我該對他們說什麼呢？我該如何結束這一切呢？我的愛人，請來幫助我，或者，當你來到的時候，一切都已經太遲了。我將永恆地孤獨地面對這個早晨的痛苦，如果我向你提起，你會感到嫉妒。但是我們都是孤獨的。這間屋子裡住了三個成年人，這些年來，我們一直生活在一起。我們愛孩子們，他們也愛我們，而現在我們必須對他們撒謊。當一個男人的腳步和聲音可以使我的心遠離曾經讓我感到安全的一切時，我該如何過一個完全純淨的人生？我為什麼結婚，為什麼生小孩？沒有什麼比愛情更無情。

她的目光在鏡子裡和孩子們關注的目光相遇了，她對他們微笑。她跳到母親的大腿上，把她溫暖的臉頰貼上母親的，「媽媽，今天妳會陪我們吃早餐，對不對？」她以一種優美的聲音，小聲且討人歡喜地說。每當她想驅散大人之間的扭曲氛圍時，就會使用這種聲調——而近來，她經常需要這種聲音。

母親把孩子抱在懷裡，走下樓，飯廳的桌子和位子都已經安置好了。要不然孩子們通常都是自己吃早餐。她的丈夫坐在自己慣常的位子上，而她一眼就和她的家務助理一樣觀察到了：他昨晚根本沒睡！就如我們對自己所傷害的人那樣，她對他感到抱歉。他坐在那裡，悲哀和創傷宛如一件殘舊的外套般包裹著他，每個人都看見了，每個人都憐憫他。現在我帶著我的犧牲到來了，她想，為了熬過這一切，她必須把自己心愛的人的臉孔如隱形的盾牌般放在跟前。然而，眼前這三雙無聲地盯著她看的眼睛，讓她再次動搖了。她鄙視自己：人生是一場歌劇嗎？她忽然想高歌：再見，再見，我走了，我帶著別人離開，而不是你。

她挑釁似的，挺直著背，坐在桌子末端，勇敢地對著她的孩子們微笑。但是她不敢看漢生小姐的眼睛。她為什麼安排了如此可笑的一場鬧劇？她憤怒地想，我們只差沒有在桌上點起蠟燭——而，正如她所預料，睡眼惺忪的兒子十分暴躁。忽然之間，她冷漠地看著他，彷彿他和她一點關係也沒有，同時把椅子推到小女兒身下，為她在脖子上繫好圍兜。有一瞬間，這一切在她看來就像美國電影裡冗長而感傷的一幕，如此架構起來的悲傷，以致於人們以爆笑來回應：可憐的孩子、受傷的父親、忠心的傭人和輕浮的母親。這些人都和她有什麼關係呢？他們為什麼利用她對這個孩子的愛？只有一個人，是她真正在乎的，但是他不在這裡。然而他的影子映在她的臉上，宛如一張單薄的保護罩，幫她擋住一切可怕的事物。而在他之外依舊是：數百萬不幸的孩子、大量忠誠的家務助理和不計其數的情人大軍，被遺棄的丈夫、不忠的丈夫、背叛及輕浮的女人、各種各樣的人、各種各樣的人生，而每個人都一樣寂寞。在這一切之上，有某些法律、戰爭、無盡的苦難、每日的麵包、對報章頭條的恐懼、一個緊張的世界和無可救藥的耐心冷靜：一條鞭子揚在我們頭上，它將鞭打何處、何人？

她安靜地吃著雞蛋，讓家務助理糾正小孩。她的目光尚未與丈夫的目光接觸。「妳必須行動，」她的情人這樣說，「不能再等了，如果繼續這樣軟弱與含糊不清，人生也將要過去。妳必須從更廣的角度來看待這一切。」

可是，再過一會兒，搬運車就會抵達，他們有責任把這一切設計成孩子們的一種歡慶體驗。他們之前也說好了的。她振作起來，想要說些什麼，但是就快滿八歲的奧勒忽然疑惑地看著他們，問：「克爾絲汀什麼時候會回來？」

沒有人能夠回答他。等小女孩離開以後，她會對他解釋一切。他已經大得可以明白這一切了，最重要的是，也該讓他理解，他即將走入一些全新以及令人興奮的體驗。

忽然之間，她感到非常疲憊，她恨那個高聲抽動著鼻子的年輕女孩，她恨他們全部的人，他們都不懂她，而她最恨的是她自己，因為她不知道，她這樣做是不是正確的。她忽然有一種猝不及防的欲望，想要倒入她情人的懷裡哭泣。如今眼淚只能從乾澀的眼睛狂流。一個五歲的孩子會如何理解這樣的事？她什麼時候會開始覺得自己被辜負了，而他們又應該如何對她揭露真相？

搬運車終於來了，紅通通、轟隆隆、充滿喜慶氛圍，孩子們跑到路上觀看即將把東西搬走的搬運工人們。年輕女孩站起來，衝入她自己的房間，於是他們兩人有了片刻的獨處時間。他們對彼此都無話可說，但是當他們的目光終於相遇時，眼中透露著一種共同的痛苦。他眨了眨眼，看起來像個年輕的男孩，她從他臉上看見了她曾經愛過的那個人。

他無法恨她。基於某種原因，他已經習慣不去責怪她的行為。他對自己的人生也毫不關心，他僅僅在乎一個想法：他不想死。一個人需要照顧與補償一個孩子的時候，他不會死。再說，如果她高興，她偶爾也可以見見女孩，他也想見見他的兒子。然而此刻，他就如她對他一般，對自己毫不在乎。他們好像就只共同擁有這一個孩子。他讓她懷了孩子，現在他將把孩子帶走。這是她必須付出的代價。但是，她應該很快就遺忘了吧。當女人在戀愛時——

整整二十分鐘的時間，屋裡充斥著嘈雜和不安，然後，那孩子穿著她漂亮的棕色大衣，絨布帽蓋在她金色的捲髮上，坐在司機旁邊。她有點焦急地看著她的母親，隨即最後一次用雙手環繞她的脖子，輕聲安慰她說：「夏天到來的時候，我會回來的，是不是？」

母親點點頭，微笑著揮手，直到看不見車子為止。然後微笑從她臉上褪去，宛若有一隻手狠狠地把笑容從她臉上抹去一般。她牽著男孩的手，緩緩地走回屋裡。

乖孩子

森林護管員的兒子和麵包店裡其他的客人擠在一起。他踮起腳尖，希望自己能被看見，也密切地關注著，究竟有多少人在他之後進來店裡。他很忙。他幾乎總是那樣忙碌。他得幫弟弟買一瓶牛奶；他的媽媽忽然之間無法哺乳了，因為她的乳房長了個硬塊，還在發燒。

他伸長脖子，試圖引起慢條斯理的麵包師注意。一個同學的媽媽走進店裡，他迅速地把帽子從頭上摘下來，恍若一名新兵見到上級似的。「您好。」他大聲地說。

她提著一個購物袋放在身前，袋子裡有一把韭蔥頭冒出來搔著他的脖子。

「你好啊，約翰，恭喜你有了個弟弟，你高興嗎？」

「是的。」他說，為了努力表示巨大的喜悅而滿臉通紅。

忽然之間，每個人都看著他。他真的高興嗎？

「是啊，還真沒有人預料到。」麵包師笑著對一位顧客說：「也算是老蚌生珠了。」

接著他轉身面向男孩。

「你今天想要買什麼？」

約翰把籃子抬到櫃臺上，並把一張媽媽寫的單子交給他。不然你肯定忘了一大半，媽媽這樣說。他至今都不曾遺忘過任何東西，可媽媽老是這樣說。他從麵包師手裡接過塞得滿滿的籃子，找回的零錢被單子包好，放在籃子裡。

「他可不可愛？」麵包師摸了摸他的鬍子問。男孩點點頭。

「是的。」他說：「但是他也老是尖叫。」

他們都笑了。當你不純粹地回答「是」或「不是」時，人們總是以大笑來反應。他覺得自己急忙走出門的時候，看見那些大人彼此眨眼，相視而笑。

門外，一股寒意對他撲鼻而來，以致他打了個噴嚏。樹林在他眼前就如一座大山，山腳下的屋子就如一個小點。如果他穿越田地奔跑，可以在一刻鐘內就回到家；如果順著鄉間小路走，得走半小時。但是現在天還很亮，不適於擅闖私人田地。

籃子很重，於是他換到另一隻手臂，小跑著前進。他想要閃電式地快速到家，給媽媽一個驚喜。他的速度總是很快，但是今天他想要更快一點，因為媽媽生病了，弟弟得趕快喝奶。車子從他身邊呼嘯而過，因為風雪，他無法看清楚車牌。要不然他其實有收集車牌的習慣。幾名腳踏車騎士戴著耳罩，臉孔通紅而潮溼，彎身靠在車把上掙扎著前進。而那些背著風朝他迎面而來的，他都認識。「你好，約翰。」他們大喊。他用力地點點頭。沒有人可以說他是個沒禮貌的人。他是這整個區域裡最乖的男孩子，他在城裡幫人跑腿、砍柴、洗尿布，以及做任何可以讓人走向世界的事。唯一沒那麼好的一件事是，他的功課。「只要你是個好孩子，」他媽媽這樣說，「那就不必擔心。」啊，她人真好，他的媽媽，也很善良。他有點怕爸爸，他不怎麼跟他說話，而他的聲音又粗又硬，就像他那雙把獵槍從肩膀擲下來、和將一隻死松鼠丟在廚房流理臺上的手一般。松鼠是有害的動物，每一隻被他殺死的松鼠，地主都會付錢給他。但是當牠們衝上樹幹時，看起來是多麼有趣啊，牠們總是在逃難。約翰希望有一天能把一隻活生生的松鼠放在手裡把玩。松鼠不必怕他。約翰只碰過一次爸爸的獵槍，並且還記得因此被打了掌心。「槍枝可能會走火，」媽媽解釋說，「這樣會不小心傷害到你或其他的人。」——萬一擊中了弟弟，這個家庭會變成怎樣啊？到時爸爸媽媽肯定會後悔他們曾經把他養大。

這個念頭在他心裡一發不可收拾。他知道，他背負了人性的債務，他不像弟弟那樣有正常的出身，可是卻因為一種不可思議的好運，他來到了爸媽身邊。他是領養兒，他的親生父母來自哥本哈根，是可怕的人，甚至沒有結婚。「上帝保佑你，永遠不會見到他們。」當初媽媽告訴他真相時，曾經這樣說。於是有一段時期，每當他看見來到小鎮的陌生人時，總是會瞪著他們看，並想像著他們是從哥本哈根來把他拐走的。他會努力反抗並大聲叫媽媽！雖然他只有七歲，但是他很強壯。他可以從井裡打水，還可以一次扛兩桶水。將來弟弟還未必做得到。這個無用的小傢伙。他躺在媽媽雪白的大乳房前不斷地吸吮，以致她因此而生病。有一天，約翰問**他**是否也曾經這樣被餵奶，他媽媽大笑說：「沒有啊，你這可憐的小傢伙，你是奶瓶嬰兒。」——他想像他是在瓶子裡被製造出來的，就像人們在瓶子裡造船那樣，但是他當然明白「奶瓶嬰兒」

的意思。只是，與眾不同聽起來總是有點怪異。然而他始終是與眾不同的，只不過是指好的方面。在班上，沒有一個男孩可以跑得比他更快。

他嘴裡呼出的氣息宛如爸爸菸斗冒出來的煙。他吸了吸鼻子，再把籃子換一隻手提。接著他花了點時間，用衣袖擦擦鼻子。此刻，樹林看起來不再像一座山了，他看見了房子煙囪冒出來的煙霧。他也聽見斧頭劈砍的聲音，那是他的爸爸在砍樹。地主自己在那些被判了死刑的樹貼上標籤。而那些樹就這樣一無所知地豎立在那裡，直到感受到斧頭砍入樹幹。而在那之前，那些樹和其他的樹毫無差別，以為自己會永恆地站在那裡，隨風搖曳，在春天裡長出新枝，然後在轉涼以後再全數掉落，以致那些可憐的松鼠遠遠地就會被人發現。他憐憫那些樹木，但是樹木對這種事完全無感，他媽媽這樣說。那些小松鼠也不知道牠們會被獵殺，被子彈射中心臟時也不會感到絲毫疼痛。只有偷獵者是邪惡的，他們經常誤射，並讓動物們躺在那裡受折磨，直到他爸爸找到牠們為止。他的爸爸喜愛動物，他們有三隻獵犬和一隻小獵狐犬，但是小獵狐犬很快就會被射殺了，因為牠一直掉毛，而那些狗毛讓弟弟一直咳嗽。醫生是這樣說的。要不然約翰其實很愛那隻狗。

這小傢伙帶來一堆混亂。三更半夜，大家都被他的哭喊聲吵醒，即便約翰創下了自己從麵包店或從學校回家的時間紀錄，媽媽也會忘了稱讚他。失望之餘，他自己提醒她：「今天只花了十分鐘，媽媽。」然後她便會快速地朝他的方向看一眼並驚呼：「啊，你真的是無所不能，你是最棒的，沒有你，我們該怎麼辦呢？」然而，這一切都不如從前那樣重要了。

沒有多想，男孩在最後一段路放慢了速度。牛奶在瓶子裡搖晃著。「這小胖子居然能喝那麼多，真叫人難以置信啊！」他躺在媽媽胸前時，媽媽這樣說。那和他們說（通常是爸爸說的）「這小孩還真能吃，他會把我們吃窮吧」時，是不一樣的語氣。爸爸指的是約翰。食物卡在他的喉嚨，他滿臉通紅。媽媽笑著拍拍他的頭髮，和藹地說：「要是他能吃胖一點就好了。」爸爸這樣說其實並沒有什麼惡意。但他仍覺得受了傷！

他跳上路邊的一個雪堆，再從另一端往下滑，接著再跳上另一個雪堆。這個小小的遊戲讓他開懷大笑，一時間忘了他其實很忙碌。在家裡，媽媽因為弟弟而生病了；再過一會兒，爸爸從樹林裡回來，就會開始煮晚餐，而約翰則負責把桌子擺好。和爸爸獨自吃飯的感覺真奇怪啊。當他心情好的時候，他會捉弄約翰。「嘿，門牙先生，」他說，「你今天過得好嗎？」他掉了兩顆門牙，而爸爸堅持他不會再長門牙了。「胡說八道，」媽媽厭煩地說，「孩子會信以為真的！」啊，他的媽媽，如此豐實、溫暖，她真好。

最後一段路，他又開始奔跑了起來，他經過了水泵，上面鋪著布，像個怕被凍壞的感冒老人；經過了農場庭院，那裡疊滿等著被送入壁爐的柴火。夏天的時候，他曾幫忙把這些柴火疊起來。他假裝這些柴火都是士兵，很想把它們一一豎立起來，列隊排好，但是它們實在占據太多空間了。工作就是他的遊戲，而遊戲就是他的工作。事情一直都很順利，直到弟弟誕生。那些溼尿布也可以是海盜的旗子，但他卻是一個有太多敵人需要處置的疲憊小海盜。而弟弟則是一個王子，有一天他將會繼承王位。約翰是他的奴隸，所有重要的事務，弟弟都會徵詢約翰的意見。他會說，「問我的奴隸，他把我養大，所以他可以決定一切。」

他把門閂拉起來，走入廚房。把籃子放在爐灶上，站著往客廳的方向聆聽。除了他媽媽的聲音以外，還有另外一個聲音。她們並沒有聽見他回來了。他聽得出來，那是他們的鄰居，彼特生太太，她經常過來喝咖啡串門子。

「啊，你們應該很高興吧，畢竟還是成功了！」什麼事成功了？

偷聽是不應該的，但是這聽起來很刺激。

「我們**究竟**高不高興，經過這些年，妳還要問嗎？」

「如果你們在收養約翰時就知道會這樣，那就好了！」這聽起來像是惋惜，而男孩因聽見自己的名字而全身僵硬。

「嗯，」他媽媽有點遲疑地說：「我們從來沒有後悔，他真的是一個乖孩子，也很能幹。」

「是啊，他真的幫了你們不少忙。」

這個語氣裡有一些什麼，讓男孩感到心裡隱隱作痛。

「彼特生太太，我們可沒有讓他操勞過度，而且從來沒有什麼比能幫我們做事更讓他快樂。」

他的媽媽此刻聽來像是有點被冒犯，約翰很想馬上走進客廳陪著媽媽。但是他也很想多聽聽自己被誇獎的話語。

「啊，那當然，」另一個聲音有點過度熱情地說：「只有老天爺才知道，這個可憐的孩子如果沒有了妳會如何，妳真的做了一件好事。他不感恩嗎？他知道要感恩吧，對吧？」

「他當然感恩。」

媽媽簡短地回答，而站在廚房門邊的約翰，眼睛瞪得極大，既感恩，也覺得該和媽媽齊心一致。

「我們自然已經告訴他了，這種事，孩子們遲早都會知道的，我先生也認為這樣做是最好的。」

他把手套脫掉，沒有繼續再聽下去。他的心臟劇烈地跳動。他跑得不夠快，他還不夠感恩。他和別的孩子不同，他是被「收養的」。罪惡感如一種沉重而堅韌的物質般在他心中滋長。他想在爸爸回家以前把灶爐點起來。他要把弟弟的牛奶準備好，他要為媽媽做一份加了糖的炒蛋。今晚，嬰兒哭鬧的時候，他要起床，好讓媽媽可以繼續躺著，他想要——

「天啊，約翰，你在這裡。」

彼特生太太把絲巾綁在頭上，懷疑地看著他。他聽見了什麼嗎？他不如屋裡的小嬰兒那麼討人喜歡，她如此定論。這種孩子不會為你帶來歡喜，但是當其他孩子在玩樂的時候，他確實如一匹馬那般工作一整天。大家為此議論紛紛，看似為他忿忿不平，但是內心深處卻又覺得這一切都很合理。

那孩子低著頭，害怕她會過來牽他的手。她的手髒兮兮的，總是散發著洗碗劑或其他難聞的味道。那雙手讓他想起廚房流理臺上死掉的動物，那些他爸爸受聘射殺的松鼠或田鼠，有時候是一隻眼神溫順、僵硬的小鹿，四肢伸直，彷彿無法擺脫那種忽然間一切永遠消失的那種驚嚇。被射殺就好像睡著了一樣，媽媽說，儘管她自己也曾經為這些小動物感到難過。

彼特生太太走了，男孩急忙走進客廳。媽媽躺在沙發上，眼睛閉著，看起來很疲憊。嬰兒在壁爐旁的搖籃裡睡著了。

「我快不快？」他小心翼翼地問。

她緩慢地張開眼睛。

「啊，你啊，」她說：「你真是一個乖孩子。」接著，她又睡著了。他聽見門外傳來爸爸哐啷脫下木鞋的聲音，以及狗吠聲。

他站在那裡，張嘴看著他的媽媽。他想要更乖一點，跑得再快一點。他知道，他欠了這些人，並以他單薄的力量慢慢分期還清。如果我能快點長大就好了，他想。客廳裡的熱氣讓他昏昏欲睡。他不安地站在小小的玄關，靜悄悄地和爸爸擦身而過。爸爸沒有和他打招呼，或許他根本沒有看到他。

「寶寶還好嗎？」他大聲嚷。

「噓。」媽媽輕聲細語地說：「他在睡覺。」

男孩開始點起灶爐的火。那冰冷的鐵環在他長滿繭的手上，如火般燃燒。

頑固的生命

候診室裡坐滿了不想互相對望的女人。她們低頭看著灰塵滿布的地上，看著她們的鞋尖，看著那骯髒、色彩不明的牆壁（為什麼這種醫生，賺了那麼多錢，環境卻總是這麼簡陋？他大概連醫師袍也不穿，指甲也可能很髒）。她們都很謹慎小心，打扮也很低調，如此她們才能隨時溜進來，也不會引人注意。或許她們都得到了和她相同的指示：**他會根據衣著來決定價錢**。再說，她們跟她，愛麗絲，又有什麼關係呢？難道她連在這裡，也不能放下身邊每件事每個人都讓她反省自己的習慣嗎？沒辦法。她無法真正理解事情的嚴重性。這一切真的有那麼嚴重嗎？至少，她的情況不會比其他人糟。在這裡的每個女人背後都有一個男人的影子：一個疲憊的丈夫，為了一群孩子而辛勤工作，他的收入無法再負擔另一個孩子；一個頭上抹著髮蠟、出軌的男人，早就越過了所有的山丘，一段短暫快速的聯繫，與愛情沒有多大的關係；一個處於戀愛中卻太過年輕的大學生，在街上來回徘徊，在希望與焦慮之間搖擺不定；一個無憂無慮、膚淺的生物，「取得了這個地址」，用錢擺脫這個讓他不自在的意外；一個離開了這個城市的人，像丟下一件被遺忘的家具般丟下了他麻煩的負擔。反正，總是有一個男人、一個陷阱、一次輕浮卻昂貴的經驗，或者是第一次——

其實也根本無需急著走進那一道時不時被某個女孩打開的門。那些女孩，無論是否鬆了一口氣，都不會望著這個憂傷候診室裡的任何一個人；她們迅速地離開，重新滑入這些不透明的玻璃窗外，下班後那交通繁忙的街道。

這裡是多麼安靜啊。愛麗絲想起了本特。和他一起生個孩子，肯定是一件荒謬的事，而對他隱瞞這件事一點也不英勇。一個孩子？淺藍色皺褶布下躺著的那個皺巴巴的小東西，以新生兒無意識的睿智目光盯著世界。兩個相愛的人之間的一個紐帶——然而，他們的愛情無法承擔任何束縛。他們從一開始也就說好的。一個妻子已經足以造成他的負擔，只要確保自己和孩子能被贍養、資產階級繁榮的表面和家庭生活的完美能夠持續，妻子便可以承受他所做的一切。愛麗絲為什麼要破壞這樣一個完美的狀態呢？她相當清楚而理智地看待她和本特之間的關係。他只會愛上簡單、短暫以及轉瞬即逝的關係。她已經這樣拖拉了一年，因為一直沒有意外發生，他們變得粗心。主要還是她的錯。沒有人會在每次過馬路時一直想著隨時有斷腿的風險。況且，對於她所遭受到的不愉快的體驗，她不會去責備別人。如果是男人的身體必須經歷這一切，她相信本特也不會向她抱怨，就如他極少對她抱怨他沉悶的婚姻，當然，他的婚姻也沒有如他巧妙地想讓她相信的那般沉悶。當他下班回家時，他的小孩肯定會奔向他，他會把孩子抱在懷裡陪他玩。然後他會親吻他的妻子，他為她這種美好、家庭式的呈現感到歡欣，飯桌完美地擺好、廚房裡食物飄香，只有他自己的書桌，以其清晰、冷靜且具邏輯的狀況，標誌著他紊亂的靈魂以及他敏銳的大腦，而她愛的就是這樣的他。當然，這一切都只是她的猜測。他極少提起，她也不好奇。她鄙視那些慣常的「我的妻子不了解我」等等說法。她耐心地和一個從未見過面的陌生女人分享他。當你無所求的時候，獲得的反而更多。她只要輕撫他的額頭，有關他在她以外的人生的記憶就會消失幾個小時。她便是如此抓住他的愛，而他沒有做出任何傷害她們的事。**我們都沒有**受到傷害，她在心裡堅決地這樣認為。基於某種原因，堅持這一點是非常重要的。

她有點不安地把目光轉向那扇緊閉的門，感覺有點氣餒。這是一件令人感到不舒服的事件，她想，與謀殺或「神聖的母性」無關，她受夠了那些坐在整潔辦公桌後穿著乾淨醫生袍的合法好醫生口裡說出來的這些話。二十五歲的她，主宰著自己的身體，不是因為那她根本不在乎的法律，而是出於她**自己的意願**。對於淺藍色皺褶布或那小小的無牙的笑聲，她沒有任何感性的想法。這世界上已經有足夠的孩子。而這個小小的寄生蟲只為她帶來噁心和不舒適感，並且在曾經美好的事物上鋪了一層黏糊糊的灰色薄紗：早晨捲簾下的第一道曙光、她必須以茶來取代的咖啡，可是她連茶也嚐不出味道了——晚上對本特心跳加速的渴望，已經被打呵欠的疲憊所取代，而她已經難以繼續掩飾。再說，最近，他一週也只來個幾天。這是合理的。她也絕對不想和一個在她懷裡睡著，彷彿這樣很舒服的男人在一起。她清楚地記得，有一次他患了牙膿腫，臉頰一邊腫了起來，以致他們無法一起外出時，她有多煩躁。那不該出現在他漂亮、英俊的臉蛋上，就如腫脹的肚子不該出現在那讓她自豪的苗條腰間一樣。在婚姻裡必須被忍受的一切，都該在他們的關係裡被倖免。如果她以一個哭泣妻子的嗓音打電話給他說：「有件事，我一定要告訴你！」或許一切看起來會很好。無論好壞，她都算不上是個堅強的人。她無法因為這個意外說服他離開妻小。她害怕傷害他人，她根深蒂固地相信，愛情和婚姻極少互有關聯。

很快就會輪到她了，她在腦海裡練習她的假名和她那「絕望的狀況」。為什麼您不想要這個孩子？形式上，他會這樣虛偽地問。她其實已經無法忍受他，這樣一個讓她不想靠近的陌生人，而她卻不得不依賴他的憐憫。她當然應該——嗯，她究竟應該怎樣？她了解自己。她並沒有可以當一個「自力更生的未婚媽媽」的驕傲和勇敢天性，她無法忽視所有的偏見。她確實是自力更生和未婚，但她不是一名母親。至少不是以這種方式。一個男人身上的枷鎖，一個責任！她一直欺騙自己，他們有朝一日終會分手，沒有眼淚沒有抱歉，類似這樣：謝謝我們曾經在一起的這些時光。但是，能拖多久就多久，越晚越好。沒有他的夜晚？沒有他的城市之光和派對？

她起身，穿著她髒兮兮的棉大衣，有點猶豫地站在那裡，充滿了噁心感和不安和——一些她無法具名的、獨自承擔的東西。可是，她不也讓他獨自承擔他的牙膿腫嗎？熱敷，甚至懷孕，都是屬於婚姻的一部分，而既然她不享有婚姻的喜悅，她當然也不該被婚姻的煩惱打擾。本特從未對她提起過他的孩子，雖然，她在某種程度上知道他很愛那個孩子，也算是個好父親及好丈夫。只是那個部分的他與她無關（但是她肯定也幫助他維持了這一點）。帶著一絲苦澀，她想，對他來說，能夠從情人的懷抱轉身便回到一個井井有條的家裡，感覺肯定也不錯吧。

「下一位！」

她遲疑地走入了那個半昏暗的房間，如此瘦小，挺直背脊，帶著黑眼圈和心裡的陰影，而那顆理應睿智與堅強的心，因與恐懼抗衡而怦怦跳動。

他幾乎沒看她。他坐在一張書桌前，半個身子在暗影中，就如她想像中那樣，他沒有穿醫生袍，只是懶洋洋地伸出手指著一張空椅子。她嘴唇乾裂，有幾分鐘的時間，他們兩人什麼都沒說，那男人望著窗外，同時用鉛筆敲打桌子。他有暗黑色的一字眉，但愛麗絲只是看著他那一雙又大又毛茸茸的手，有那麼片刻，她心裡充滿了恐懼，深怕那雙手會碰觸她。

當他完成了評估以後，忽然丟下鉛筆，轉過身面向她。他用力地咬了咬下唇，終於開口問道：「嗯，有什麼事？」

她用舌頭溼潤了嘴唇，清清喉嚨。

「我——懷孕了。」她輕聲說，來不及細想，又補充說：「您知道的。」

他緩緩地摘下眼鏡，再次望向窗戶，「我怎麼會知道？」他以如同殘舊的留聲機發出似的聲音問道。

一陣無助感籠罩著愛麗絲。她被告知，她必須「小心行事」，而在她來到這裡之前，一切對她來說都非常清楚、正確且理所當然，但是這個男人的容貌和存在給她帶來了一種罪惡感，這感覺源自於某種不純潔及可怕的東西。她什麼都不明白。尤其，當她說：「您不是以此維生嗎？」那一刻，她最不明白的是自己。

她把人家對她伸出的援手截斷了。她做了一件無法挽救的事，而她無法預知其後果。她的理智背棄了她。

男人的目光變得空洞，且難以理解，他看也不看她，拿出了一條髒兮兮的手帕，用力地拭擦他的鏡片。

「我完全不知道妳在說些什麼。」他冷冷地說。

於是話語脫口而出，彷彿這些句子一直都在世界的某處等待著她，彷彿這整個狀況都是預先策劃且設計好的——或許自她存在以來——就像魔法咒語也無法改變明天的天氣一樣，事情不會有太大的改變。

她在椅子上微微矯正坐姿，伸手撫平了大衣，撫過平坦的腹部；很快地，它就會無情地腫脹起來了。

「我的意思，」她平靜地說：「我是第一次，嗯，您知道，而——而——我需要被檢查，不是嗎？」

他以一種不屬於這巨大身子的敏捷度站起來，在愛麗絲看來，他的動作散發出了一種滑稽的厭煩或不耐煩。他走在她前面，走進了一間小房間，裡頭放著一張醫院用的擔架輪床。

「如果妳把衣服脫了，我會為妳進行檢查，這裡請。」

她跟在他身後，膝蓋微微顫抖；她挺直腰桿，臉色蒼白。**這一刻的勝利**，她想，**我需要常常記住**。

五分鐘後，他們再次面對面地坐著。他戴著眼鏡斜視她。他的嘴角揚起一道詭異的微笑。她把她所有能顯示的鄙視，都聚集在她的目光裡，但是卻無法把詭異的微笑從那張臉上抹走。

接著，他帶點諷刺地對她輕輕點頭，緩緩地說：

「妳大約懷孕三個月了，恭喜妳，太太。」

他們兩人同時站起來，他對她伸出手。她幼稚地假裝沒看見，同時打開她的手袋，把錢包拿出來，說：「我必須付您多少錢？」

「二十克朗，謝謝。」

他為她打開了門，她離開了診療室。

「下一位。」他大喊。

她走到了街上，趕著回家吃晚餐的人們不耐煩地推擠著她，直到那一刻，她才回過神來，而驚恐的靈魂恍如醉漢般失措地尋求支柱。她想起本特曾經說過的話：「凸顯我們個性的不是我們所說的話，而是在理智以外所採取的行動。」他的孩子看起來是什麼樣子呢？她以前從來沒有想過這個問題。一種她不曾體會過的痛楚刺穿並燃燒著她。我們所採取的行動——

她將雙手插入口袋，一頭直髮在風中飄揚，緩緩地，走回她孤單的租賃房間。

夜晚

漢娜年僅七歲，卻已經在心裡背負著巨大、無形的焦慮。她總是寧願身處自己此刻所在以外的其他地方。當她和弟弟在兒童房裡，弟弟完全沉浸在自己的遊戲時，她聆聽著父母在樓下的腳步聲，並盡她最大的努力，嘗試跟上他們奇怪的對話。當他們單獨在一起，對話的方式和她在旁邊的時候不太一樣。母親的聲音變得溫柔而細膩，讓她感到肚子裡一陣甜蜜與疼痛（更多的時候是疼痛），而她所說的一切，幾乎都能讓父親大笑不已。而無論漢娜奔跳著或靜悄悄地下樓時，他們總是變得一陣靜默，接著，母親或許會說：「妳不去外面玩嗎，親愛的？」如果漢娜走向她，她不會把她抱在腿上或講故事給她聽，而是變得有點僵硬，以致於這孩子一動也不敢動，並感受到父親的目光為她們兩人鋪上了一層黑暗的焦慮斗篷。母親看也不看她，說：「妳回樓上去陪弟弟玩吧，爸爸累了。」但是那根本不是真的，要不然他可以上床休息，一般人累了的時候都是這樣做的，再說，他自己從來都不這樣說。他不太和漢娜說話，如果他開口，也只是問她二乘十等於多少，或者對她說，她是否快要開始學習閱讀了，但是當她回答時，他極少真的聽進去。

不過，他也是個好父親，因為他從來沒有打過她，也不曾罵過她，而她也知道，他每天去上班賺錢，都是為了幫大家買穿的和吃的，如果他離開了他們，一切都會變得很糟。那一天，她正和媽媽一起享受美好自在的時光，看到父親騎著腳踏車從花園大門裡滑進來，她忽然說了一句：「哼，爸爸真蠢。」媽媽便這樣跟她解釋。

漢娜得擔心和照顧的事情實在是太多了。首先，她當然得照顧弟弟，他可能會被嬰兒車的安全帶勒死，或者找到火柴點火燃燒自己和房子。漢娜永遠都無法安心，只有在晚上，弟弟睡著以後，她才能從這種焦慮中解脫。如果弟弟死了，她並不會特別哀傷，但是母親肯定會非常傷心，她會連續哭泣許多天，就像當初漢娜的親生父親離開她們時那樣，一切都變得非常悲傷，直到她們找到新的人。

每當家裡有客人來訪，母親總會笑著告訴他們，當年漢娜如何跑到窗戶清潔工和她見到的其他男人面前，問他們是否願意跟她的母親結婚。漢娜並不覺得這很好笑，因為家裡沒有父親，她們會餓死。而她完全不想死，也不想躺到泥土裡，夜裡沒有被子蓋。或許人們會變成天使，飛到天父那裡，但是如果祂太晚才把翅膀送過來呢，如果在那個當下很多人同時死亡呢，畢竟祂獨自負責這一切，就和母親一樣，他們現在仍然沒有錢請保母。

弟弟睡著了，漢娜躺著，用手刮著藍色床欄上的油漆。她從不在父母上樓之前睡著，有時候她甚至直到他們在臥房裡停止說話以後才睡，這樣她才能確定他們也睡了，整個夜晚不可能再發生任何變化。

他們還在樓下的客廳裡說話。他們溫柔的「獨處的聲調」，伴隨了父親的笑聲，和中間長時間的停頓，就好像弟弟把他全部的積木一股腦往地板上砸時那樣，讓她感到頭痛。他們也可能正在互相親吻，那是屬於婚姻的一部分，但只會是在孩子們看不見的時候，因為這對孩子們沒有什麼好處。「等我們獨處的時候。」母親有一次這樣說：「讓孩子們看到，有點罪惡。」為什麼是罪惡呢？罪，屬於上帝和晚間的禱告。

漢娜仰臥著，雙手緊握擱在被子上。所以，上帝在房裡，雖然開著燈，但是我們看不見祂。漢娜想像著，祂跟她的生父長得很像，他是這個世界上最偉大和最強壯的男人。她閉上眼睛，說出了她最好的晚間禱告：

我累了，躺下
我閉上雙眼
我父啊　以愛　看照著
我們貧困的公寓

然後，她疲憊地嘆了口氣，鬆懈下來，直到思緒再次如饑餓的鳥般，蜂擁回歸春天的苗床。

他們趕快上來吧。漢娜的眼睛開始刺痛。後天是星期天，她要去拜訪她的生父和他的新婚妻子，他們看起來比母親得體多了，但還是讓人不舒服。幸好爸爸並不愛她，因為他們沒有孩子，人們只有在瘋狂相愛的時候才會生小孩，就像母親當初愛著她的新父親那樣，所以他們生下了弟弟。幸好這些都過去了，因為那次以後沒有小孩出生，她不必擔心他們會被安全帶勒死或放火把屋子給燒了。人們是無法控制愛情的。愛情和百日咳一樣來去自如。不過，只有單方面的愛是沒用的，而這樣很好，因為漢娜愛她的數學老師、她的生父，當然還有她母親，而三人當中，她只確定生父也愛她，可她不能嫁給她爸爸，因為等到她長大、乳房完整發育之類的，他已經很老了，可是在那以前卻又不能結婚。如果她和爸爸的新妻子年紀一樣大就好了，當她去他們家住的時候，她得叫她「葛蕾特媽媽」。可是爸爸自己卻只叫她葛蕾特。唉，她真蠢。她有很多漂亮的裙子，比媽媽還多。媽媽說，「妳不要太在意，只有蠢人才會終日打扮自己。」但是，爸爸，聰明如他，居然喜歡親吻和撫摸這樣一個蠢貨。雖然她有一頭又長又捲的頭髮，水汪汪的眼睛總是好像剛哭過的樣子。什麼事都能逗她笑，儘管漢娜的原意是為了搗蛋。上一次，她在那裡的時候，葛蕾特穿上了一件細肩帶絲綢連身長裙，上半身沒有搭配別的衣服，她在漢娜面前轉圈子說：「妳不覺得我很好看嗎？」而漢娜用她從學校新學到的有限詞彙開了個玩笑：「是啊，從後面和在黑暗裡！」可是他們兩人居然失控地大笑起來，結果漢娜開始大哭，爸爸得把她抱在腿上，像安撫小孩似的安撫她，直到葛蕾特媽媽停止大笑以後，她才停止哭泣。然後她的感覺好極了。確實好極了！因為她贏了葛蕾特媽媽！

她吸了吸鼻子，從枕頭下拿出手帕，擤了擤鼻子，再往鼻子上揉擦。她不應該這樣做，因為這樣鼻孔會變得越來越大，雨水會直接流進去。「我不在乎。」她大聲地說，就像她受傷而不想哭時那樣。她指的是很多事情。很多事情妳必須跟自己說「我不在乎」。我不在乎葛蕾特媽媽，我不在乎弟弟被勒死，我不在乎絕對不會離開他們的新爸爸。就算他真的離開，我也不在乎，我不在乎他們是否找到新的——

忽然間，她從床上坐起身來，心臟劇烈地跳動。客廳裡傳來了一個新的聲音。高調、開朗、親密以及熟悉的聲音，無論妳在不在，他都以同樣的音調說話。但是這不可能是真的。他來這裡幹嘛呢？她聆聽著。可是，那是**他**。他來這裡把新爸爸趕走，和媽媽重新結婚。葛蕾特媽媽大概已經死了，這樣媽媽可以得到她所有美麗的衣服。一陣狂野的快樂之流將她捲走。她跳下床，掀起睡裙衝下樓。「爸爸！」她尖叫著，眼中除了他沒有別人，燈光刺眼，她奔向一個高大的身影，在他那幸福、讓人忘卻一切的懷抱中，她讓自己被他那熟悉的味道和他的存在吞沒。接著，她眨了眨眼，看著她的爸爸、她的媽媽，他們兩人漸漸地成了她世界以外的兩個僵硬、疏離的身影。

「妳爸爸要妳現在跟他走，」母親說，聲音裡有一股陌生的顫抖，「妳去把衣服穿好，漢娜，小心不要吵醒弟弟。」

桌子上有三個咖啡杯，而客廳看起來比平常更小。

父親挺直了身體，手還在漢娜的脖子上。她把手指鑽進他的鈕釦洞裡轉動。她感到全身發熱，彷彿剛剛洗了熱水澡似的。

「你不留下來嗎，爸爸？」她害怕地小聲問，並看著他閃亮的大眼睛。

然後新爸爸站起來，用力地推開了他的椅子。

「不能等到明天嗎？」他說，聲音單薄而尖銳。「誰會在夜晚這個時間把孩子從床上拉起來。」

父親沒有回答，但是重新彎下身把她拉近自己。「妳願不願意跟我和葛蕾特媽媽去旅行？」他說：「她在外面的車子裡。」

於是漢娜變得跟媽媽一樣僵硬。「她不是死了嗎？」她問，口乾舌燥。

「漢娜，」母親說：「妳怎麼這樣說話——如果妳不想去，可以不必去。」父親忽然把她放開，彷彿她燙傷了他似的。那一瞬間，她站在那裡，不知道她該如何處置自己的雙手或眼睛。於是新爸爸牽起她的手，帶著她往樓上走去，而留在他們身後的沉默，和被他強硬、陌生的手緊握時一樣疼痛。在回到床上以前，她不想哭，不，她不要哭，她根本不該上床睡覺。她要出門旅行，一路都坐在爸爸的腿上。

「放開我！」她大喊，把手從他手裡掙脫出來，往那強烈的光裡跑回去，母親可憐兮兮地坐在那裡，而多了一個父親卻是如此無濟於事。一種無情的、全新的焦慮阻止她再次尋求那熟悉的、安全的庇護。她站在那裡，難過地看著眼前的父親戴上帽子，彷彿這裡的一切都不再和他有關。她感覺很冷，縮了縮她瘦小的肩膀，用力地踩著自己的腳趾，同時帶著無助、詢問的眼神看著母親，而母親則用焦急、懇求的眼神看著站在樓梯口的那個男人，彷彿她說錯了什麼話似的。

他踩著沉重而堅定的步伐往下走。「讓我們結束這一切吧。」他簡短地說，「妳究竟想不想跟他們走，漢娜？」

她低頭看著父親的腳。她的額頭因困惑、羞愧和反抗而燃燒著。她向他踏出了艱難的一步，但是他沒有碰觸她。他的衣服有一種遙遠的迷失的味道。一路上，她可以背對著葛蕾特媽媽，坐在那裡入睡，同時把鼻子鑽進這味道裡。

「我——想要去。」她無法拒絕父親，順從地答應了。

當女孩上樓穿衣服的時候，這三人看著她那小小的、寂寞的身影。沒有人可以幫助她，也沒有人敢互相對視。

憂鬱症

璐璐把所有髒盤子疊起來，再把它們都放進近乎滾燙的水裡，好讓歐芹的枝葉、軟爛的菜葉以及菜頭葉脫落，然後漂浮在一盆悲傷而油膩的雜燴裡，她厭惡地看了片刻，才心不甘情不願地把手放進去，把磁盤再次撈起來。先是盤子，接著是叉子、刀子和玻璃杯。她用了很多水。在她身後有個凹痕滿滿的水壺幾乎被燒乾了，因為她老是忘了加水。

她聆聽著客廳裡傳來的喧鬧聲及笑聲。這是一個愉快且圓滿的夜晚。她其實也知道，身為女主人，在歡愉當中起身到廚房洗碗，多少有點破壞氣氛。但是她無法在早晨醒來的時候，還得去面對髒亂的廚房。凱只能接受這一點。她能從眾聲喧譁間聽見他的聲音，他語氣急速、緊張且興奮。他著迷似的喝酒、抽菸，而當她不在場的時候，他會忘了招待客人。

如果他的憂鬱症已經痊癒了，那該有多好，自從他們確定她在婚後第二次懷孕的那一刻起，他就開始發病了。第一次發病一直維持到她孕期五個月時。而小本特如今也才一歲半。這自然是很不幸的事，但對她而言並非世界末日。然而，對他來說卻不一樣。到後來，她必須負責一切。無論如何，她，就如凱所說的，是如此健康與平衡。噁心、疲憊以及伴隨著懷孕而來的一切，她知道短期內就會過去。經濟方面只能由凱（實際上是他的父母）來承擔，而她的煩惱反而是在嬰兒出生後才增加。

他本來該在一年之內完成學業。然而過去的這三個月裡，他無所事事，只是整天躺在沙發床上，不睡覺，也沒做什麼。如果她靜悄悄地走進客廳，他會對她投來痛苦及悲傷的眼神，這讓她感到愧疚，因為她永遠不知道，她什麼時候應該躺在他身邊撫摸他的額頭，或者什麼時候這樣做會讓他感到煩躁。

他去做了心理諮商，但是她並不覺得這對他有任何幫助。反之，這是一筆很大的開銷，而這樣一個她素未謀面的陌生人（心理諮商師），讓她充滿不信任感，以及類似嫉妒的感覺。他建議凱入院，但是為了他的父母，凱並不願意。住在日德蘭半島牧師住處的父母一直在資助他們，因此無論如何都不該被來自哥本哈根的壞消息所打擾。他是他們唯一的孩子，而他們想看到自己投資的成果——一個當醫生的兒子。

凱每一次做完心理諮商，都對她和本特懷有敵意，並且比平時更煩躁。如果她不知道前因後果，會以為他剛從另一個女人那裡回來。有時她反而希望是這樣。因為至少妳知道，這是一件妳可以去面對和感受的事，一場妳會知道輸贏的仗。而現在，就像是一股強大而隱形的敵人吞噬著她的力量，可她不該有這樣的感覺，凱有時會嘗試跟她討論這件事。「在這個世界上，必須有一個人，可以完全地理解我為什麼會有這些反應。」他這樣解釋。

他自己在第一次憂鬱症病發時，已經開始閱讀有關「心理機制」這一類的東西，並且在他重新振作的時候，只接觸那些在某種程度上和這一切相關的人。他們為考試而學習（她不知道這一門課叫什麼），又或者他們已經考過了。他們經常（不，幾乎完全）以被冒犯的表情談論醫生們對他們的不信任，並且敦促凱利用他的醫療知識「做點什麼」。她並不清楚，他們正在引誘他去做些什麼她永遠都無法參與的神祕事件，她完全就像他們的「老師」所說的那樣，既無法理解也無法幫助他，因為她離他太近了。但是，當他興起的時候，會忽然希望周遭有人陪伴著他，他歡欣滿溢且非常體貼：「妳真的很偉大！」他會這樣說：「沒有妳，我該如何熬過去呢？」

璐璐在流理臺上小坐片刻，以疲憊的手勢把額頭上的髮絲拂開。凱的聲音從客廳傳到她這裡，「憂鬱症和精神病在本質上的不同……」

她跳下來，把東西放回去的時候，毫無必要地把它們弄得嘎嘎作響。他們總是說著這類的東西。精神分析、壓抑、催眠、神經功能症、躁鬱症！有的時候，她甚至為自己沉悶的精神狀態感到丟臉，並覺得她在他們這個圈子裡顯得有些貧乏，她在一個被戰爭蹂躪的瘋狂世界裡，只能抓緊構成他們命運背景的一些必要的微小事物。可是她是如此無可救藥的正常，雖然凱偶爾堅持說，她充滿抑鬱與各種心理情結，只是她自己不願意承認。「以今天的世界來看，」他說：「堅持自我比放棄更奇怪。」他看著她，眼裡有一種冷酷的好奇，彷彿她是一個在充滿煙硝的廢墟瓦礫裡玩耍的小貓。她很想知道，如果有一天她「放棄」，他會如何反應！

璐璐脫下圍裙，走進浴室，整頓了一下儀容，再回到客人當中。天知道他們能否在午夜之前離開。即使服用安眠藥和安神藥，凱還是睡得不好，然而，有時，他不睡也沒什麼影響。他會很早把她叫醒，帶著一種孩子氣的快樂，態度積極，深情地親吻她、陪本特玩，並為未來築下最瘋狂的計畫。她就像聽著孩子急切、無助的牙牙學語那樣，已經習慣了聆聽他們的談話。他們想要一間別墅，或者一間有著藍色窗板及斜屋頂的農舍，至少也得有隻小狗——我們可以從動物身上學到很多：刺激牠們的神經、創造條件反射等等。無論如何，他們如此孤立且不和其他人見面，也是錯誤的。對她來說，這樣也不健康——

今天早上他就是這樣，四處打電話邀約朋友。他整天都在幫她為聚餐做準備。所有的東西都是賒帳買下的，所有的東西都是在最後一刻才付清。她必須繞道避開那些他們之前賒欠的店家們。向來對很多事都敏感的凱，欠債一事卻不會讓他感到困擾。反之，這對她來說是極大的苦惱。邀請客人到家裡來，以尚未付款的食物和葡萄酒來款待他們，這事奪走了她一半的快樂。而她這大半天的時間感到開心，僅僅是因為凱很開心。他開罐頭、為紅酒調節溫度，並針對將被端上桌的辛香料和蔬菜給她建議。

準備餐點的時候，他把本特抱在腿上，對他進行各種測試以判斷他的智力。本特今天的測試結果成績很好，而當孩子猜中時會大聲歡呼並尖叫說：「爸爸高興！」凱被感動了，在那片刻之間，他若有所思，他把孩子放進遊戲圍欄裡，說：「真可怕啊，當你過得不好的時候，卻影響了自己以外的其他人。」她眼裡有一股溫暖，捧起他精緻、纖細的臉龐，他內心深處那股隱密的痛苦，已經在這張臉烙下無法抹滅的印記，而她也無法將之移除。「像今天這樣的一天，對我們三個人來說，勝過所有的悲傷時刻。」她平靜地說。

但是，要持續跟上他的步伐是艱難的。當她在炒著一鍋蛋的時候，他從書架上抽出一本書為她大聲朗讀——那是他的教科書，上面畫了許多紅線。她從他的聲音裡可以聽出來，她何時應該微笑或點點頭表示理解。她感覺自己像個笨蛋。那些詞句無法抵達她心裡，她只聽見了他聲音裡的熱切和興奮，與此同時她在想著千萬件事：她該如何安排九個人的飯桌位置？他們缺少兩個玻璃杯，其中一個有點裂口，那個她可以自己使用。沙發上勉強可以坐三個人。

凱重新走向孩子，書裡有一些圖像，他還想嘗試。一個醜陋的頭和一個漂亮的頭。「你在這裡看到的這兩個頭，你覺得哪一個醜，哪一個漂亮？」她緊張地等候結果。凱那瘦弱、垂頭喪氣的身影出現在廚房門邊，皺著眉頭說：

「我不明白，每個兩歲的小孩都應該知道，而本特，他是那麼聰明！或許這個測驗本身就有些問題。」

然而，過了一會兒，他把這一切拋諸腦後，跳躍著下樓，找來了一把芹菜。沒有芹菜的乳酪如何能端出來款待客人！

早在客人還未到來之前，她便已經無法掩飾她的倦意。頭髮因為廚房的蒸氣而垂下，她唯一像樣的連身裙腰間太緊了。那些她開門迎接的朝氣蓬勃、打扮完美的女孩們（那個圈子的女孩們從來不會因為重視學業而影響她們的外表），讓她覺得自己既醜陋又笨拙。所有人都到齊後，他們坐著抽菸閒聊了一個小時，而每次璐璐走出去，凱都會大喊：「妳要去哪裡？妳就不能在我們之間安靜地坐著嗎？」「妳不在客廳的時候，他就像失了魂似的。」其中一個女孩嘲弄地說，同時用她那雙清澈、閃爍的眼睛看著凱。他變得不像他自己了。他身上最後一分鐘才熨好的白襯衫，她記憶中只在他們訂婚那段時間看過、他眼裡那抹罕見的詼諧神采——他不再只為她一個人揮霍。為什麼不呢？他愛她，他依賴她，但是，他也愛別人對他的仰慕。他是這樣一個愛慕虛榮的孩子，一個難纏的孩子。

當她再次踏出客廳時，面對著光，她眨了眨眼，同時，她的目光在尋找著凱的。現在的他處於巔峰狀態，如此快樂，他是這個圈子的中心人物。他不停說話，當他在解釋什麼的時候，修長的手指在空氣中畫著弧線。所有的酒瓶和杯子都是空的。桌巾上沾染了紅酒和醬汁，空氣中瀰漫著濃煙。她坐下，似乎沒有人察覺到她，至少沒有人——無論男女——把目光從凱的身上移開。她忽然感覺到一股幾乎無法違抗的慾望，想閉上眼睡覺。一個黑髮女郎對她微笑，並在沙發上騰出一個空間給她；她們是在今年夏天參加每週一次的心理學學習小組上認識的。「妳看起來很累，璐璐。」她同情地說。但是璐璐嚇了一跳，在椅子上挺直腰桿，茫然地微笑著：「我一點也不累。」她急忙說，接著又說：「凱恢復得很好，這不是很棒嗎？」

她們兩人都看著他。那女孩接著溫暖地說：「他比我們全部人加起來都更有天分，如果他無法把他的本領發揮到極致，那就太可惜了。」

璐璐沒有回答。他無法把能力發揮到極致，是她的錯嗎？難道是她那充滿愛意且過度豐饒的身體把他拖入了日常生活和無聊？心理諮商應當把他從罪惡感裡釋放出來，然而誰來釋放她呢？她還在看著她的丈夫。這樣一個瘦弱、勻稱的身體，熾熱的眼神，從他美麗彎曲的唇裡流瀉出來的話語。是的，現在的他很快樂，她想，這些人崇拜他，他不需要我。當他們離開以後，她忽然想起，他會花整晚談論這個聚會，不讓我睡覺，而我絕對得認為他的朋友是最偉大的人——他所在乎的一切，我都必須喜歡，可是他也還是會讓我知道，我無論如何都無法抵達他們的高度——而我懷著的孩子，我獨自承擔。即便他提起了，語氣也像在說著被提高的費用——一張來自肉販的帳單，或一個窮追不捨的討債人。

他們在她周圍、在她頭上喋喋不休地說話，所有的苦澀傾瀉而下，像毒氣般入侵她的思想，填滿她所有的感官，而她無力抗衡。她不明白也不曾有過這樣的感覺。她總是隨時準備好要向他道歉、數月以來不得不保護他免受周遭世界的傷害。她千方百計避開她的家人和朋友，並在朋友們按門鈴時把他們請走，他們心裡滿是無限同情：「他又抑鬱了嗎？上帝，這個男人究竟發生了什麼事！」就算是本特，在他精力過剩吵鬧著的時候，她也只能辜負他地說：「爸爸需要安靜！」

但當他們結婚時，這並非她所想像的生活。其實她自己也不確定。是一個女性朋友為他們拉了線：「今晚有個迷死人而且非常聰明的男人會過來，妳必須認識他！」

這一位「迷死人的男人」現在又出現了。他對著一位臉色蒼白的年輕人說話，璐璐不喜歡他，因為他總是急迫地問她「還好嗎」，而當她回答好的時候，他便轉身背對著她，臉上帶著懷疑和高人一等的表情，因為依據他的定義，沒有人會真的「過得好」，就算真的是，他也沒有興趣。他看起來像是一個長期有著消化不良問題的人；凱熱切地對這個人說話，身子熱情地向前傾，像個瞬間被身邊的人吸引的孩子那樣，整個人向他貼近，「精神科醫生並不認可這個分析方式，」他說：「但是，他們總有一天會承認的，等著吧。他們當中沒有任何人對於所做的事有任何認知。」

璐璐的苦澀在心臟的位置逐漸凝結成一個僵硬的小腫塊。她忽然站起身來，臉色蒼白，看也不看他們，大聲而清晰地說：「你們是否介意我先去睡了？我累了。」而客廳裡忽然一片寂靜。凱終於看著她，眼神裡揣著憤怒、冷酷、厭煩以及些微困惑的表情。

「妳累了？」他問，彷彿她說了一些非常不合時宜、前所未有、近乎不得體的話語。然後他皺著眉頭摸摸自己的頭髮，十分困惑，彷彿在為一件意外降臨到他身上的不公事件尋求幫助。男人們看著女孩們，女孩們看著男人們。一種類似共濟會的精神在他們之間滋長，而璐璐被置身於外，但是她依舊挺直著背，臉上不帶任何表情，與此同時，他們站起身來道別。

當大門在最後一個離去的客人身後關上時，他轉身憤怒地對著她，「妳究竟他媽的在想什麼，」他大吼：「妳連最基本的禮貌都不懂嗎？」他看起來好像想打她。然後他看見，淚水緩緩地從她的睫毛裡滲出來，沾溼了臉頰，他訝異地看了她片刻。他從來沒有看過她哭。他尷尬地扶著她，把她帶到沙發上，她鑽入了他的懷裡，像個需要保護的小動物般，因哭泣和倦意而顫抖。他把被子拿出來，蓋在她身上。他站起來，如小男孩般瘦弱的她，彎著身子看著她。他眼裡的光芒消失了，聚會也結束了。屋外，鳥兒開始唱歌。他跪著，輕輕撫摸著她的頭髮。她握著他的手，把手放在她的臉頰上，無助且充滿疑問地看著他，可他輕輕地把手抽出來。

「我們真是一對可憐的人兒。」他輕聲地說，更多是對自己，而非對她說。

輯二

邪惡的幸福

匕首

他躺著，嚴肅且熱烈地端詳著還在睡夢中的妻子，彷彿她是一道有待解開的數學題，只有完成這個任務以後，才能進行其他事情。每天早上，在他把她叫醒以前，總是對她感到心疼。這種感覺稍縱即逝，所以她也幾乎沒能感受得到。他聽見兒子在兒童房裡走動，輕聲咳嗽，喃喃自語。他兒子知道，吵醒父母是嚴格被禁止的事。

他轉身過去，對著牆喊道：「好了，艾絲特，已經八點鐘了。」

這是他早晨慣常的問候方式。基於一些無法解釋的原因，他給自己攬上的其中一個責任是，為家人呈現一種冷漠、略帶指責的形象。他應該不帶情感地表達自己對生活的普遍看法，加強他對自己作為一個理性人物的樣貌——藐視一切感受。他的辦公桌上並沒有擺著妻子的照片。他也不像同事那般隨身攜帶孩子的照片，以便時不時掏出來跟大家分享。然而，這兩人幾乎一直存在於他的思想裡，至於他們對他是屬於哪一種牽絆，他無法說明，就如他總是難以把他們區分開來。他們彷彿就是他自己的影子、他無法擺脫的思想胚胎；他們誕生於他的懦弱——那是他一直耗盡全力想要戰勝的自己。他們是他所有計畫的阻礙，尤其在他最需要自身所有力量的時候，讓他分心並感到煩躁。他常常這樣想：如果他們不存在，我的人生將會長成另外一種模樣。遇見艾絲特的時候，他還是一名大學生。如果不是因為忽然之間一切都必須發生，當時他其實並不知道自己究竟是否想和她結婚。這個問題，他每天都會問自己好幾次，卻始終沒有找到解決的方式，也沒有更進一步去思考，就目前的狀況來說，這個解決方案對他究竟有什麼價值。然而他不喜歡「自己的人生被隨機性控制」這樣的想法。因為特定目的，你才會主動接觸任何事或人。不是你利用他們來達到目的，就是你被他們利用。

他坐在床上，沉默地望著他那穿著內衣坐在梳妝臺前梳頭的妻子，對於半裸的自己，她毫不在意，彷彿他們已經結婚二十五年了。鏡中的她對著他微笑，態度遲疑、羞愧，儘管她的這些舉止相當自然，但還是讓他感到煩惱。

「妳究竟為什麼不先把衣服穿好再梳頭呢？」他怒問。

她沒有回答，站起身，走進小孩房裡。她以一種彷彿他還是個小嬰兒的口氣說：「早安，小寶貝。」

她毀了這孩子。她以她作為母親的溺愛，把所有的獨立自主都從他身體裡吸光了，他必須讓他們兩個都認知這一點——至於他想要他們「認知」的究竟是什麼，他自己也尚未有任何概念。他看了看腕錶，跳下床，連續打了五、六個噴嚏，接著才把衣服穿好。他早上都會像這樣猛打噴嚏，儘管他並沒有真的感冒。那是因為精神緊張，醫生這樣說。結婚以前，他甚至不曾有過任何的小病痛。

他走進浴室，在那裡仍然可以聽見她在廚房走動。她正在幫水瓶裝水。他小心翼翼地把刮鬍刀滑過突起的喉結。兒子出奇地安靜。難道他又睡著了？他通常會一直跟在他母親身後喋喋不休纏著她說話。當小孩不知道大人在聽著的時候，他們的說話內容其實相當有趣。他不得不驚訝地承認，他幾乎要想念兒子的喋喋不休。他心不在焉地想，人生的半數是習慣。

當他走進飯廳時，她剛要為兒子盛上燕麥粥。她快速地瞥了他一眼。她說：「我馬上幫你倒杯咖啡。」

他微微點頭，在兒子對面坐下，直視著他。兒子躲開了他的眼光，緊張地搖晃椅子。

他肯定做了什麼事，父親這樣想。

忽然之間，他想起了一事，疑心暗起。他臉上的表情看起來彷彿嚐到了什麼苦澀的味道。

他輕聲地說：「你可以讓我看看你的匕首嗎？」

這孩子在聖誕節得到了一把匕首。此後，身為父親的他在適當時間裡，都會問起這把匕首。兒子從不好好看顧自己的東西，當他把玩具弄丟的時候，為了避免麻煩，他的母親會盡量以類似的玩具取代丟失的。這是一個相當短視且自私的行為，而且完全沒有必要，因為這個勾當通常很快就會被他發現。除了幾個他無法確定的案例——包括一把牛仔手槍、一個印地安人羽毛頭飾，以及一副塑料拼圖——他幾乎可以百分之百確定並揭露她的詭計。你無需擁有過人的智力就能分辨全新的以及使用過的東西。上述三個案例他選擇了不計較。他是一個非常公平的人，通常更願意接受被欺騙的風險，也不願意冤枉任何人。

然而這把匕首卻是另外一回事。在他六歲那年的平安夜，他的父親把匕首給了他。父親在把匕首遞交給他的那一刻，清楚地讓他知道，在擁有匕首的同時，他也肩負了特定的責任。因此，有別於兒子之前所擁有的一切東西，這把匕首，是完全無法取代的。每當他要求要看匕首的時候，他們三人會虔誠地端詳其輪廓分明的刀身，以及那被磨損得光滑的刀鞘，他們都非常清楚地意識到，對這個男人來說，看到匕首就會牽引出他許多珍貴的回憶。他解釋，他兒時如何把匕首別在童軍腰帶上走動，感覺自己比起其他沒有匕首的男孩們更高人一等。男孩和他的母親都知道，在男人所得到的所有禮物當中——雖然他並沒有得過很多禮物，從前的小孩不像現在那樣被溺愛——這把匕首是唯一讓他此生都非常喜歡的一個禮物。如今，他把匕首傳承給他剛滿五歲的兒子，現在想起來，僅僅為了能做到這件事，他盡其一生都在努力地把匕首看顧好啊。

男孩面紅耳赤，驚慌失措地看著他。那雙大眼睛裡充滿了恐懼。

「匕首……不見了。」他輕聲說。

他緊捏著湯匙，手指關節都變白了。

母親把咖啡倒入男人的杯子，她的手在顫抖。

「我們會把匕首找回來的。」她快速地說。

他加了糖和鮮奶油，攪動著咖啡，而她則站在他旁邊，緊張地用手指不停捏著她的圍裙。他抿著唇，抬頭看她。

「所以妳早就知道了，」他冷冷地說，「妳以為我要多久才會發現呢？」

因為怒氣，他的心臟快速而劇烈地跳動。這真是夠了，他想。

她在男孩旁邊坐下，男孩手裡依舊緊握著湯匙，一口也沒吃。

「是昨天丟的，」她說，低頭盯著桌巾。「我想，我們會找到匕首的，這種事也不是沒發生過。吃你的粥吧，寶貝。」

她拍了拍孩子的頭。

他走到玄關去找他的大衣。

「我建議你們在今晚之前把匕首找出來。」他說。

然後他沒說再見就離開了。

接下來一整天，他腦子裡只想著那把不見的匕首。場景回到他還是小男孩時，他曾走在父母屋後樹林裡野草叢生的小徑上。匕首在他眼前的空中閃爍，耀眼的陽光反射在刀身上。他用匕首來切割柳樹枝，陶醉在權力之中，他主控哪些樹枝可以倖免，哪些必須由他的匕首切割。他切下那些看起來虛弱無力的樹枝，那些樹枝對他來說毫無用處，而他在最後關頭決定讓那些強壯堅韌的樹枝活下來。柳樹枝是戰敗軍隊之敵。他專制且反覆無常地盡情揮砍柳樹枝。他驕傲地向另一個男孩展示他的珍寶，並讓他拿在手裡掂一掂。他把匕首還給他，看著他，彷彿覺得這東西並沒有什麼特別之處。天空布滿巨大的雲朵。他們不明白，他是注定要取得勝利和榮耀的。他感受著腰間的匕首，覺得自己在荒野中如此地強大且孤獨。匕首是在芬蘭買的。父親某次出公差時帶回了這把匕首。全丹麥都找不到這樣一把匕首。他用匕首玩「領土分割」「遊戲，把匕首殘暴地砍在地上，彷彿砍在最可怕的敵人的心臟上。刀鋒豎立在空中，微微顫抖，發出一陣幾乎聽不見的聲響。他用雙腳在地上畫了一個圈。「誰跨進圈內，我就殺了他。」他大喊。沒有人企圖跨入圈子內。他們在圈外平靜地聊天，讓他獨自站在圈內，揮動匕首。他不喜歡他們玩的遊戲，而他們則看不懂他的遊戲。早在入學之前，他便明白了孤獨的滋味。他認為，這是一個預兆，證明了他的與眾不同，他是被命運指定要幹大事的人。上學途中，如果周遭無人，他會大聲地自言自語。他是與敵對國家領袖對抗的將軍。他從卡瑞特・艾特拉（Carit Etlar）[2]和英格曼（Ingemann）[3]的小說作品裡尋找靈感，狡猾且虛情假意地堆砌他的話語。他精通世界歷史。長久以來，拿破崙是他最偉大的英雄。他想，他應該是像父親，一個沉默、嚴厲、性情捉摸不定且神祕莫測的男人。他的母親過於聒噪，渾渾噩噩。她一看到父親便沉默下來。他們從不吵架，然而他們之間存在著一些什麼祕密。他覺得，他們在暗地裡彼此相互對抗，而他選擇和父親站在同一陣線。每個傍晚，他坐在他們中間，注視著他的匕首。那不是一個玩具，而是一個時機成熟時就應該被使用的兵器。芬蘭的水

1 譯注：丹麥孩子們玩的一種遊戲，將小刀或匕首丟擲在畫好的方形內分割領土。

2 譯注：丹麥作家卡爾・布斯博（Carl Brosbøll，一八一六～一九〇〇年）的筆名，他的小說作品大多以歷史戰爭和衝突為背景。

3 譯注：全名伯恩哈德・塞弗林・英格曼（Bernhard Severin Ingemann，一七八九～一八六二年），丹麥詩人及作家。

手們身上總是帶著這樣一把匕首。

——

他如常地工作，對辦公室裡的女士們發號施令。一種奇怪、黑暗的興奮感籠罩著他。現在該是進行果斷及徹底干預的時候了。她不能毀了他的兒子。忽然之間，他看見那張小小的、驚慌的臉孔，而他被一種類似憐憫的情緒所觸動，那是種他不願意去了解的情緒。匕首無聲無息地劃過他的思緒，切斷一切多餘且具傷害性的懦弱。他必須成為男孩成長過程中的力量——態度認真、肩負責任的榜樣。然而他總是奔向母親，藏在她身後。這情況若是持續下去，他將會有個艱苦的人生。他臉上有著和她一樣的軟弱。

他抿嘴，皺了皺眉頭。我警告過他們的，他想。我已經忍耐許久了。一天就快要結束，他感覺心裡有著什麼緩慢地被解放了，那是一種長久以來在他心裡逐漸凝聚的感受，讓他無法承受。他們在他的生命以外建立了另一世界，儘管他們是因他而存在。他們害怕他，遠離他。今晚他將會讓他們知道，誰才是主宰。他是這世界上唯一一個可以好好保護他兒子的人。匕首的丟失是壓死駱駝的最後一根稻草。他有個模糊的印象，當初將匕首交給兒子時似乎已經知道會有這樣的結果。兒子總是弄丟一切。他從未珍惜任何花錢買到的東西。而誰是賺錢的那個人呢？他彷彿看見一個畫面——他是個老人，有著一個失敗且毫無主見的兒子，而他不得不為他的偏差行為和賭債付出代價。然而他的妻子卻隨著兒子飛舞，為他辯解，嘗試掩蓋他犯下的錯誤，她羞愧且疏離，迷失在母愛裡，除了她的兒子以外，任何人都無法接近。不應該如此。他是一個強大而機智的人，他絕不允許被隨機發生的事件牽著走，他才是那個控制時機的人。他將利用每一個在他眼前出現的機會，建立關係，並且毫無顧忌地把比他資深的前輩拋在身後。想要成功的人，私生活裡絕對不該出現任何問題。

長久以來被隱藏住的偉大計畫，在他腦海裡重新浮現。今天，他相信他將會實行這個計畫。

臨近下班時間，他坐在辦公室裡吹口哨。透過玻璃門，他看見辦公室裡的女士們驚訝地轉過身來。她們不習慣看到向來嚴厲的主管如此雀躍。

他坐在回家的公車上，恍如無法抗拒的命運般，緩慢向他們靠近。他和艾絲特之間從未真正吵過架，因為只要他稍微提高嗓子，艾絲特的嘴唇就會開始顫抖，預告著一場哭泣就要開始。這是女人們慣常的防衛方式。有些男人一生都被女人的眼淚壓制。但他不會。這一切都將結束。他將毫不留情地從他憤怒的心裡吐出話語，並在她和男孩之間投擲一把無形的匕首。灼熱，而真實的話語。電光石火之間，他將讓男孩看見自己無法再從母親那裡得到庇護。只要一擊，他的人生重心就會往更強大的方向轉移。他在腦海中部署他將使用的戰略：首先是平靜的開場，和顏悅色但堅定；然後他會忽然改變語氣，以憤怒和權威在那崇高、純淨、自由的空氣裡提高聲調。當他們都陷入激動的情緒時，他將戛然停止，結束一切，把男孩抱在腿上說：「你答應爸爸，從今以後不會再把東西弄丟了？很好，我們不會再提起那把匕首了。」下了公車，他抬頭望著天：那是春天蔚藍的天空。當他拐彎，沿著街道往家裡走去時，冷風打在他身上。他不疾不徐地走著，身軀筆直而堅定。

忽然之間，他止住了腳步。男孩臉頰紅通通地向他跑來。他的眼中閃爍著喜悅：

「爸爸，」他氣喘吁吁地大叫，「我們找到匕首了。我把它忘在普雷本的家裡了。」

他大吃一驚，低頭看著他兒子。他的肩膀不知不覺地垮了下來。在他心裡，有些什麼如紙牌屋般崩塌了。他機械性地捏了捏兒子的手。

「那就好。」他毫無情感地說。他心律不整，彷彿剛剛結束了一段長跑。他感覺雙腳沉重。原本清晰、尖銳的思緒忽然被放逐到濃密且無法穿越的荒野中。有個東西以讓人暈頭轉向的速度掉落在他內心深處，或許，是一個希望。什麼都沒有改變。也許根本沒有任何可以改變的機會。他的妻子在客廳裡等候。她將鬆一口氣，把匕首拿給他看。當他若有所思，孤獨且帶著怒氣等候晚餐時，他們兩個將如常地站在廚房裡，輕聲細語閒話家常。

男孩焦慮地看著他，他必須快步小跑才跟得上父親的腳步。

「為什麼你看起來並不高興呢，爸爸？」他焦心地問。

他沒有得到任何回答。

方法

和一個完整的人結婚實在是太艱難了。真令人難以理解。讓人感到驚恐，不知所措。她不知道他是如何忍受的，又或者，他在何時開始使用自己的方法。她只認為，每個人都有屬於自己的方法，畢竟，從某種程度上來說，這件事令人難以忍受。人們在被壓垮之前，總會及時找到辦法。她的方式是，每個階段承受一小部分，如此可以毫無問題地持續一段時間，直到她抵達了那方法的瓶頸。鼻子是危險的部分；是的，她無法忍受鼻子本身。當屬於鼻子的日子來臨時，她首先嘗試避開它，以一種焦慮而虛假的積極態度忽視它：不，不，我的朋友，這一次我們略過你。老天爺，誰不曾試過某個歡樂的夜晚在角落被罰站，或者被當作候補球員。這是人生的一部分，世界本來就是這樣的。我們嘗試從頭來過，從手開始，卻始終無法成功。手被深深地冒犯了，它對我們來說是陌生的，並且，它和鼻子結盟。人類怎麼就如此頑固地團結一心呢。而且還要求公平。她鬆開那隻手，抓牢那無所不知、玻璃般透澈且邪惡的眼睛。要整整一個星期以後才輪到它們呢。最後的出路是打開所有的毛孔，把整個人都呼吸到體內去，這是個危險且令人窒息的時刻，她被陌生童年的燒焦氣味灼燙，並且把她揉成純粹屬於自我保護機制的變形蟲式球體。當她寸步難移地在客廳裡四處爬動，一點一點把自己個性的所有部分全數找回來，並且大致把它們再次組合起來以後（她通常會弄丟幾根釘子和螺帽，隨後總會發現它們藏在地板縫隙裡，或食品儲藏間置物架的墊紙之下；她漠不關心地想，這大概也是他的方法的一部分，然而這一切都與她無關），鼻子確實會被安撫，毫無違抗地讓她將其忽略過去。整個過程讓她相當筋疲力竭，也導致了巨大的情緒波動，這通常會驅使她嘗試和鼻子和解。她會建議彼此維持一種平靜及靜態的狀態、一種手足間的友善、一種經常被主人忽視但對鼻子來說尤其關乎自身利益的關懷——對於手帕的警覺。然而這些努力都失敗了。即便是鼻子，也不願意屈就於沒有愛的關懷。鼻子是如此煩人，以致她在某個時間點上會改變順序，在眼睛日——每個月最美好的日子——以後，再面對鼻子。她真心地愛眼睛們。她如此告訴它們，完全不被那個聲音打擾——那聲音在自己的軌道裡運行，並對表層薄冰上這對情侶的配對非常滿意，也對那週期性確定只屬於它的日子感到滿足。她愛眼睛們，把自己奉獻給它們，讓它們柔和的注視滲透進入她的內心，好讓她一秒接一秒地遺忘樓下那充滿威脅的懸崖。為了讓自己更堅強，她會在眼睛們和鼻子之間保留一天的空檔。經過數次練習，她的計謀成功了。男人並沒有發現他其實並不存在。他永遠都不能發現，否則這會導致他的方法失效，無論那是什麼方法。對於彼此的方法，他們總是互相尊重，即使他們對其一點概念也沒有，這在人類之間是極其平常的事情。然而，當那一天的空檔結束以後，那個愚蠢的肉團再次對她提出無可避免的要求。她必須愛它，也必須讓它認識她。當她出門購物時，它從袋子裡突出來。它填滿了鑰匙孔，彷彿鑰匙是為一個更小的鑰匙孔而設計的。在它邪惡的失望中，它想出了無數低俗的伎倆，並在最可怕的偽裝下，在黑夜的夢境裡追逐她。這些年來，她僅僅有幾次能振作起來避開它。她或許能承受雙手、額頭、腳踝和肩膀的敵意，眼睛卻不行。為了它們，她現在總是選擇粉碎機式的肢解手段，而且，和眼睛一樣，她已經習慣了如何去忽視鼻子震動的羞辱。但是，她的方法從來沒有讓她忽視危險。她想，另一個女人想必會找到更好的辦法。一個吸墨紙紮成的女人大概會毫無疑問地把他一口吃掉，連毛髮和骨頭都不會吐出來，她也可以好好地把自己放在一個祕密抽屜裡，在那裡，所有的東西都準備完善也完好地被保存起來，用防腐液保持溼潤。然而對於光滑如水的她來說，她的方法是唯一的選擇。危險在於鼻子的不滿足，而時間久了，她就察覺這將衍生成一個災難。她的命運變得難以忍受，有些事情必然會發生。一切悄然展開。一個早晨，她啜泣著並不由自主地匍匐而行，摸索著離心分裂的自我時，她發現少了三個釘子，以及兩顆她極少使用也毫無意義的齒輪。她充滿恐懼地在那些慣常的隱藏地點搜尋，隨後是屋子四處、地下室、閣樓，最後找到院子裡的灌木叢和樹叢間去。毫無所獲。它們不知所蹤，而她永遠都不會找到它們。儘管沒有人會發現。這不是世界會在意的損失。是的，她發現當恐懼在她頭皮上爬行，一個人可以在持續操作的情況下失去那麼多的自己。一直到她因為無法再聽音樂，且一再地失去節奏感——而當時已經過了很多、很多年——在絕望孤獨中，她向讓自己最感到安全的朋友，眼睛，尋求幫助，而當她在瞳孔最深處看到類似生鏽金屬所發出的一抹閃光，她才意識到，她所失去的一切東西都在這裡，男人內心的某處，即使他願意將它們全數歸還，他也做不到；此刻她的心恍若被一塊溼布緊緊摀住。很簡單，因為他對於這掠奪一無所知。僅僅是因為這方法的不完美而導致的直接且必然的懲罰。隨即，一股可怕的自私火柱猛然在她心中燃起，以致她猝然徹底放棄了她的方式，並在頃刻之間對所有人毫不在乎，僅僅執著於那少數的、尚未從她身上被奪走的必要部分。她對是否能「渡過難關」無動於衷。音樂已經停止，他們靜止不動，任由人們推擠。雖然屬於鼻子的時間還未到來，她的眼睛尋找著它。她看見，它變得更大了，飽滿而友善，它被她的所有物塞滿，並忙於將它們一一消化，以致完全無法給予她最起碼的關心。它終於被滿足了。它那巨大、被撐開的鼻孔背對著它，而在一股無力、冷漠的嫉妒情緒中，她看見它們注視著一個正緩緩踩著舞步經過的吸墨紙紮成的女人。她似乎正流著鼻涕。

「留在我身邊，鼻子。」她用殘餘的聲音模糊地說，而這個如今相當高貴的贅肉被動地冷哼一聲，不情不願地重新轉向她的方向。從今以後，它將寄生於它也想要獲取骨頭和皮膚的無止境慾望當中，這是它唯一缺乏的。

然而這一直都沒有發生，而今焦慮和幸福都離開了她，同時她對眼睛的渴望也消失了。這也永遠不會發生，因為她已經可以毫不費力地將一整個人都呼吸進去。如今一切都充滿可能性，因為它已經把大部分的她都吞下去了。大半的人生都過去了。音樂再次清晰地響起，而他們的舞跳得比從前更好，也不會因此感到疲憊。被她遺棄的方法躺在冰下，被他的方法覆蓋著，並被其窒息。

人們說他們是其認識的所有人中最幸福的一對夫妻。

焦慮

床吱吱作響，她驚恐地看著天花板。接著，她小心翼翼地放下咖啡杯，並確保沒有和湯匙碰撞。他清醒時及睡著時，床發出的聲響並不一樣。但是，有的時候一點聲音也沒有，那才是最糟糕的事。這樣的狀態已經持續三年了，而她完全沒有時間回想此前是什麼樣的情況。他是個校對員，在夜間工作。當他清晨下班回家時，她可以馬上從他臉上的表情看出當天的報紙是否有出現錯字，但是他有時會在睡醒後才閱報。如果當天的報紙有錯字，他會對她大發脾氣；這確實是有點丟臉，她想，尤其他確實非常認真工作。她總是提醒自己對他保持好感，想著他的優點。然而，偶爾——例如現在——他醒來了，她喝著咖啡，還是忍不住會想，如果此刻有個人能陪她聊聊天，該有多好啊。一開始，如往常般，海妮偶爾會過來。海妮是她姊姊，就住在附近。然而儘管她們總是小心翼翼地壓低嗓子說話，床仍然無止境地吱吱作響。那是一陣非常清醒的聲響，而海妮會說：「聽聽這聲響啊！」於是她們開始竊竊私語。然後他會大喊，叫她們不必耳語，反正他也睡不著。海妮離開的時候，她總是感到高興。或許這樣比較好。

其實她一直很想要養隻貓。這樣至少有個伴，況且貓總是相當安靜。等他心情大好的某天，她會問他，是否可以養一隻貓。

她再次看著天花板。一切都很安靜。他睡著了嗎？她把一隻腳稍稍移開，扭了扭腳踝。她實在太少走動了。他們以前會在傍晚時分或星期天去散步。現在，星期天他也躺在床上，那是一張很舊的床。比她那張在另一個牆角下的床還要破舊。他對婚姻生活毫不在意。

她彎下身，從地上撿起一條線。她從不在他離開前打掃。她的頭不小心撞到桌子，以致湯匙在杯子裡鏘鏘響。她滿臉通紅，心跳加速。她太笨拙了。無論她如何小心，總會發生一些意外。她應該讓那條線留在地上。床吱吱作響。

「妳又坐在那裡喝咖啡嗎？」他大吼。

「哦，」她回喊，「我把你吵醒了嗎？我只是把今早剩下的一點加熱了而已。」

「妳打開咖啡罐的時候，我聽見了，」他的聲音從天花板迴盪過來。「妳要喝咖啡就盡量喝，用不著說這些愚蠢的謊話。」

她站起來，手裡捧著咖啡杯。她想把杯子端到廚房去，但得先仔細聆聽他是否還說了些什麼。他聲音的回音在她體內迴盪，在它淡出之前，她動彈不得。現在，她的心跳恢復正常了。床鋪仍時不時猛烈地吱吱作響，恍若對著她耀武揚威。

她走到廚房，先放下杯子，接著是湯匙，最後放下茶杯碟。他沒說錯。他完全不反對她喝咖啡。事實上，他是一個很好相處的人。淺眠也不是他的錯。她決定要去海妮家。她經常做這個決定，卻鮮少行動。她很喜歡海妮家的外甥們，儘管他們的吵鬧總是非常可怕。她從來就不相信如此吵鬧會是一件好事。為了維持平衡，她總會開始耳語。海妮會笑著說她變得越來越奇怪了。海妮也說，由於阿瑟一整天躺在床上，把床弄得吱吱作響，才讓她變得如此怪異。但是，他還能去哪裡呢？海妮真的很不講理。

她猶豫不決地往玄關走了幾步。

「妳又要出去亂跑了嗎？」他大吼。

她摀住了胸口。忽然覺得喉嚨很乾，她清了清嗓子。

「不是，」她大喊，「我只是要穿鞋。」

「真是太吵了！」他咆哮，她聽得出來他的耐性快用完了。她用力地振作起來。他曾經說她講話要越大聲越好，否則他幾乎聽不見。要不然，他的聽力是完全沒問題的。

「那我不穿鞋好了。」她絕望地大喊。

她重新在桌旁坐下。樓上再也沒有傳來任何聲音，然後，在她緊張而專注的靜默中，十分鐘過去了。再然後，寂靜被一陣低沉卻讓人愉快的鼻鼾聲給打斷，對她來說，那是她的聲響世界裡最讓人感到安心的聲音。

她伸展著僵硬的身體，身上的關節發出吱吱嘎嘎的聲音。她微笑，並揉了揉雙手。他至少要過一個小時才會醒來。一個小時已足夠讓她去找海妮再趕回來。她太常一個人獨處了。他們家裡也曾跟別人一樣，會有人來作客。她的母親曾經坐在那裡的椅子上，哥哥坐在沙發上，她嫂子坐在他身邊。他們會有幾個小時的美好時光。接著，他會開始沉默。他們跟他說話，他卻只用單音節的字來回答他們。她不知道這究竟是怎麼一回事，但是，忽然之間，他們都無法呼吸。他們壓低嗓子說話，彷彿這裡發生了什麼意外，同時用焦急的眼神望著他。接著他們就離開了，於是她得面對那些對兩個人來說有點太多的食物，以及一種彷彿她犯了罪的感覺。當她結束門口緊張兮兮輕聲耳語的告別，回到他身邊時，他往往已經在他的扶手椅上睡著了。他醒來後，非常訝異客人們都已經離開了。他也曾經有幾個單身的朋友，經常整晚坐著聽他說話，她則不斷地為他們送啤酒以及收拾空酒瓶。他們幾乎沒有談論自己的事。老實說，他們應該是有點怕他的。她不知道原因。然而，這一切彷彿都是在另一個星球上發生的事。她只有在他睡著後才會想起這些。她小心翼翼、靜悄悄地穿上鞋子和大衣，心想，他們其實應該生個小孩。她現在年紀也太大了——她快滿三十五了——但是當他們還年輕時，就該生個小孩。然而，即便是當初——在一個更遙遠的星球上——他們之間也是有距離的。只有在偶爾的情況下，在黑暗與深深的沉寂中，他才能克服自己對這類事情的抗拒。事後，他會對她生氣。他們從來不會談論這件事。

她得先開鎖，再開門。他總是能聽到那輕微的喀噠聲。在屋外的路上，她先往左右兩邊看了看，然後像影子般小小步跑了半百步，抵達她姊姊家。

那兩個孩子衝進她懷裡。

「哎呀，」她感動地說，「真的太久沒見了。可我沒帶什麼給你們。」

他們拉起她的手，帶著她跳起舞來，她氣喘吁吁，坐下來大笑，並用手掩住了嘴，彷彿這是什麼愚蠢的行為。想像一下，如果，他看到現在的她！

「我不能久留，」她對再度懷孕的海妮說，她的眼神看來是如此開朗而溫暖。「他睡著了，於是我想……然後，我就跑來這裡了。」

「好了好了，」海妮說，「坐下。放輕鬆點，親愛的。好好休息一下。」

因為有陽光，客廳非常明亮。那裡有一臺縫紉機，衣服堆滿了各個角落，而她莫名其妙地，忽然間就哭了起來。然後她用力擤了擤鼻子，隨即又無法停止地開始大笑。

「啊，」她說，「我肚子疼。是真的，海妮，就在胃裡，它咕嚕咕嚕地響著。」

而海妮的眼裡居然也噙著淚，走過去，用雙手環抱著她，然後如冰殼消融，有那麼一刻，她心裡變得柔軟而明亮，而她此生都會記得這一刻。她從來沒有過任何類似的體驗。她只是來拜訪自己的姊姊，而她不喜歡她的丈夫，因為他身邊總是充斥著喧囂以及大笑聲。

「聽著，」海妮說，「妳不能一直這樣下去。他把妳嚇壞了。妳不要以為我們都看不見。」

「可是，」她無言，覺得被冒犯了。她必須回家去。「可是，親愛的海妮，妳在說什麼啊，我只是有點緊張。他並沒有對我怎樣啊。他是夜班工作。他也很可憐，白天都不太能睡覺。我要是能養一隻貓——」

她在胡言亂語了。她不該把貓牽扯到這個叫人毛骨悚然的指控當中。她應該糾正海妮，然而她繼續原本的話題，彷彿海妮並沒有說出那些荒唐的話。

「一隻小貓，一隻柔軟而溫暖的小貓，一隻可以輕輕喵喵叫的小貓。我要把牠放在我大腿上，讓牠喵喵叫一整天。海妮，妳能不能幫我找一隻貓咪？」

「妳問過他了嗎？」

「還沒，但是我今天就會問他了。我現在就回家問他。妳千萬不要以為我真的怕他。」

她沉默了。她的眼睛環顧客廳。她聆聽自己的內心。穿透牆壁和建築、穿透海洋、穿透三年來對他緊繃的關注，她可以感應到，他醒來了。她微微地擺了擺雙手，彷彿這樣可以使她更快地從椅子站起來。陽光照射在她眼裡。她想要坐在桌子旁聆聽天花板傳來的聲音。她渴望聽到床的吱嘎聲。她無法承受從那些聲音裡解放出來的自由。她的心臟瘋狂地跳動。

「對不起，」她對海妮說，以及，「孩子們，再見」，她對在太陽的光芒裡跳著舞的模糊小身影說。海妮在她身後喊著什麼，然而她的話被風吹往另一個方向去了。「是的，是的，」她回喊，「是的，是的。」

拜託，讓我逃過這一次吧，她想，老天保佑我，只要讓他重新睡著，我絕不會再想要一隻貓。只要他沒醒來。

她在墊子上脫了鞋子，然後側身溜進了門內，彷彿她只要把門打開一點點，就不會發出太大聲音似的。然後，她像鹽柱一般僵立在通往客廳的門邊，因為他就坐在那裡，報紙在他面前攤開，身體微微靠向咖啡杯。他緩緩地抬起頭來，彷彿從未見過她似的，眼神上下打量著她。

「嗯，」他的聲音毫無情感，「發生了什麼意外嗎？妳的表情看起來像是這樣。」

「沒有。」

她向前跨一步，然後再次停步。

「我……我到海妮那裡去了。我想，你在睡覺……」她的聲音變得越來越小且沙啞。

「我聽見妳出去了。」他說，隨即又專心閱報。她盯著他的喉結。它上下移動、上下移動。它要是能停止不動就好了。只要有什麼能靜止不動就好了。只要他能讓喉結安靜下來，她就會感覺好些。

「我想要……我的意思是……你不覺得如果我們有隻小貓，會很有趣嗎？」

「牠們很臭，」他惱怒地說，「妳不該讓她把這種蠢主意灌入妳的腦子裡。」

「沒有。」她把大衣掛入櫃子裡。

然後她坐在慣常坐的椅子上，盡其所能地占用最小的空間。他在讀廣告。他的臉非常可怕。比他發現報紙上有錯字時更可怕，她想。她不該出門的。長時間留在家裡，就能減緩一些或許即將發生的可怕事件，一些她預期中的壞事，一些如果不用盡全身力量與之抗衡，就會如牆般倒塌在身上的事情；於是她每一日、每一分鐘，都在將牆推回原位。

時鐘敲了六下。

他小心翼翼地把報紙摺好，然後安靜地看了她一會兒。

「沒有任何錯字。」他緩慢地說。

「啊，太好了，」她說，「上天保佑。你不要理會有關貓的事，阿瑟。都沒關係。牠們臭死了。你說的沒錯。我去煮馬鈴薯。」

於是她快步走入廚房，空洞地微笑著，雙手在空中畫出小小的、揮散的手勢，彷彿在揮趕隱形的蒼蠅。

她想都不敢想，如果今天的報紙上有錯字，究竟會發生什麼事。

母親

廢話！她說，小事一樁！不要把時間浪費在這上面。手帕在這裡，襯衫在右邊的抽屜裡。就這些，你們必須把專注力放在必要的事上。

她愛線條工整、表面平坦光滑的門。她討厭石膏天花板和虛無縹渺的對話。早晨，她會比其他人都先起床。然後踩著木鞋嘎嘎嘎嘎地穿越客廳，把那些歷久都不凋謝的花朵一一摘掉。

他們躺在小小的、棺木似的床上聆聽她的腳步聲。她從不叫醒他們。她不干涉他們的人生。但是他們不得不打擾她。在某些空檔裡，他們必須問她手帕和襯衫的位置。於是他們也必須重複聽她那簡短、命令式的句子。**廢話！小事一樁！**他們無助卻興味盎然地盯著她尖尖的鷹鈎鼻、派克魚似的下顎，以及她那永遠能限制、切割、穿透事物核心的明亮卻凸出的雙眼。他們會躲在壁龕裡，以眼神追隨她，看著她瀏覽帳單、算數、做預算，或打電話給肉店訂購她要用來或煎或煮的厚大肉片。她會毫無理由地挺著背脊坐在桌旁，快速且不耐煩地進食，於是他們也得趕著和她一起吃完。

晚上，她則回到自己的房間，把舊信件和紅絲帶撕成碎片，所以每個早晨廢紙簍都滿溢出來。當他走進房間時，她正在把床單揉平。只要床單有一點點的皺褶，或者她身下稍微不平坦，她都無法入睡。他說：或許妳應該……我的意思是，人生苦短，而我有時會夢見，妳的名字叫萊奧娜拉。

她瞇了瞇眼睛，同時把乾燥、沒有皺紋的臉頰靠向他。是的，她說，這是其中的一部分。完全沒問題哦。

她不干涉任何事情。但是他們都知道，只要她離開一天，甚至僅僅一個小時，世界就會崩塌。他們會從這些黑暗的長廊，這些落地鏡子，這些無用的灰泥天使，這些被小男生從教堂墓園裡僵硬的花環上偷來的垂死花堆以及飄動的彩帶，這些床頭板上還貼著印花貼紙的柔軟的淺藍色床鋪，這些從四處向他們伸出、被海藻鋪滿的充滿愛意的手臂，這些腐爛和焚香所發出的甜美並讓人窒息的氣味裡，徹底消失。

必要的事，她說，而她是對的。理智的、光滑的、工整的、平坦的。

當他不干擾她的時候，她閱讀。她喜歡押韻正確的詩句，她也喜歡頁數被妥善運用且符合經濟實惠的小小書本上那些極度濃縮而緊湊的東西。某些散文家、哲學家、回憶錄的作家，了解這罕有的藝術，緊扣著主題。她鄙視長篇和短篇小說。它們浪費時間。它們把人們從現實生活中脫離開來。它們蜿蜒、曲折且不平坦。全是廢話！

——當她閱讀的時候，屋子裡徹底安靜。她偶爾會出現在走廊上，而他們則出現在自己的房門前，因傾聽及潛伏而氣喘吁吁。

年輕人應該好好享受，她說。他們必須在為時未晚前結束這一切。

然後他們找到了手帕和襯衫，帶著他們蒼老而憔悴的臉孔出門玩去了。她從來不問他們去哪裡以及幾時回家。其他的母親，她說，她們羞愧地吞下大塊的肉，她們因自己那乾淨並呈現了光滑潔白半月狀的指甲而感到羞恥，也為自己光滑的下巴而感到尷尬。

她向他展示家庭帳本。肉店、麵包店、雜貨店。她說，並在每一個分毫不差的條目下釘上一枚乾燥、又寬又方的釘子。是的，他滿臉通紅，快速地說，這實在是沒有必要——

當然，她說，她那平坦光滑的肚子對著他的鼻子。這是必須的。這一切都必須結束。

媽媽。他們說。

然後他們會再次於她詢問的目光中沉默，因為他們對她從來沒有任何絕對必要的要求，沒有任何可以讓他們簡短而準確說明的具體「事件」。於是他們說：襯衫在哪？手帕在哪？她的回答安撫了他們。她的回答暫時解除了他們心裡愧疚的負擔，使得呼吸變得不太困難。然後他們會繼續從他們祕密的角落，從風雨如磐的塔室，從他們可怕且曲折不平的靈魂裡，從活板門和不平滑的皺褶中，凝視著她。廢話！她說，小事一樁！說重點！

該長大了。她說。

當她在晚間把信件和絲帶撕成碎片，他們終此一生都在她身邊不遠處，充滿焦慮地站著聆聽，永無止境，他們從來不曾想過，每個早晨是誰把廢紙簍清空、扔掉垃圾。這完全不重要。也許是他們的妻子，也許是家務助理——

好交易

房產仲介把車子停在那對年輕夫婦居住的公寓大樓外，他們要和他一起去看房子。他咧嘴微笑，打開車門讓他們上車。他覺得他們兩人都挺好的。丈夫三十出頭，面容顯示出一種堅毅的人格特質及出人頭地的能力。妻子大腹便便，話不多。她顯然漂浮在玫瑰色的戀愛雲朵上，對於一切不了解的事都抱著一種充滿仰慕的順從。讓人安心的一對夫妻。一筆遺產落到他們手裡，而他對遺產的數目瞭如指掌。總而言之——他發動汽車——他們是不會惹麻煩的人。男人看來顯然很挑剔，但是他確實喜歡頭腦清晰、胸有成竹的年輕人。

「我們今天要去柏納魯德（Bregnerød）小鎮那裡，」他說，「那兒有非常適合你們的房子，我可以介紹給你們。四房，外加一間小房，有中央壁爐和可愛的花園。房子目前看起來有點空洞，請勿介意。女主人離婚了，想要趕快把房子脫手。她只要求一筆頭期款。」

「她要求多少？」丈夫問，對他來說，頭期款的數目也是決定的因素之一。

「兩萬五。」他彈了彈雪茄的菸灰。「但是她會降價。」

「有小孩嗎？」妻子問，她把頭靠向丈夫的肩膀，同時轉動著他夾克上的一顆鈕釦。

「妳還真不該問。」

仲介大笑，笑聲如雷。

「三個。其中一個還在襁褓中。」

「壁爐還可以嗎？」丈夫問。他準備開始了解房子的一切弱點。

「全都是高級品。男主人才剛離家出走。」

「啊，」她同情地說，「丟下三個孩子！」

她很快地抬頭望著她丈夫，他永遠不會這樣做，她想。孩子在她體內動了動，她的鵝蛋臉上出現了甜美、內斂的表情。

她的丈夫忽然發現仲介的大衣領子上布滿了灰色頭皮屑，讓他感到不舒服。等他爬上了公司高層的位置，他會留意這種小事，而那些擁有一流推薦人的人們不會明白為何自己沒被選上。這樣的想法吸引著他。

車子滑出城外，穿越了郊區那些有著花園的獨幢房屋住宅區。她微笑地看著在那裡玩耍的孩子們。再過一個月，她就會在草地上推著嬰兒車，得小心留意避免陽光直接照射在嬰兒臉上。她的花園。她的孩子。他們必須很快做出決定了。

「你如果喜歡這房子就太好了。」她說。

他心不在焉地拍拍她的手。近來他小心翼翼地研究有關房產買賣的一切細節。沒有人可以用一棟粉飾過的老房子來欺騙他。畢竟他們最近實在看到太多這樣的例子了。

「您覺得，她願意降價多少？」他問，身體趨前，面向仲介肥胖的脖子。

「四、五千吧。她現在的處境，很難拒絕任何現金。」

「她急著把房子脫手？」

他點燃一根香菸，同時瞇著眼睛避開煙霧。

仲介如雷的笑聲再次響起，最後以一陣咳嗽聲收尾。

「一點也沒錯。她已經一貧如洗。」

「你不會是想要欺騙她吧？」妻子焦慮地問。

「這些事情輪不到妳擔心。」

他以溫柔且充滿父愛似的眼神看著她。「這畢竟關乎我們的未來。」他輕聲地加了一句，「還有小孩。」

——

房子位於靠近火車站的一個小鎮。他們開車經過一棟接著一棟的酒吧和教堂，兩個男人就這個話題歡快地對談。她不安地看著他們。他們兩人的言談之間彷彿有種不言而喻的默契，這個女人似乎非把房子賣掉不可。然而，如果我們不喜歡這房子呢？她憂心地想。如果沒有人願意把房子買下，怎麼辦？

「我們到了。」

仲介如父親般攙著她的手臂，協助她下車。這段時間，她極不喜歡被丈夫以外的人碰觸，即便是女人也不行。除非必要，否則她一步也不會踏出公寓。

「啊，多麼溫馨可愛啊！」看到那房子時，她脫口而出。那是一棟掛著藍色百葉窗的紅色灰泥屋，精緻的鐵柵圍繞著經由熟練雙手修剪及照料的花園。

丈夫在她旁邊推了她一下，提醒她，他曾經警告過她，不要顯露過度的興奮。她紅了臉。對她來說，要掩飾自己的情感相當困難。

一行人在花園小徑半途被一個約八、九歲大的男孩攔了下來，他的眼神充滿挑釁。他像個男人般跨步站著，眉宇之間豎起一道皺紋。

「媽媽改變主意了，」他陰森地看著仲介說，顯然彼此認識。「她決定不賣房子了。」

仲介善意地笑了起來，並掏出錢包。

「你看起來非常需要冰淇淋，」他說，「拿去吧；你可以離開了。」

男孩故作輕鬆地把硬幣拋在空中，再伸手接住。他沒有道謝便拖著緩慢的步伐離開。

「不必理會他，」仲介說，同時把雪茄往連翹籬巴丟去。「他只是在編故事而已。」

她看著男孩。他沒有穿襪子。現在是五月初，天氣寒冷。

女人為他們開門，不安地對著仲介微笑，同時擺了一個含糊的手勢請他們進屋。她的年紀約三、四十歲。臉蛋看起來算是漂亮，但是頭髮凌亂而沒有光澤。她穿著一件沾了水漬的圍裙，彷彿剛剛才從洗衣桶前走開。一個約五、六歲大的小女孩站在旁邊，拉著她的裙子，神情惱怒地盯著這些陌生人。仲介拍了拍她的臉，彷彿費了點力氣才說服自己這樣做似的。他自己沒有小孩。在他的大手下，小孩害羞地扭著身子，躲到一旁。

「嗯，」他摩擦著雙手。「請原諒我們不請自來，但是我不知道電話線已經切掉了。我有嘗試打電話給您呢。」

「我忘了繳電話費，」那母親快速地說，同時解開了圍裙。「這裡請，進來吧。」

她走在他們前方，從玄關走到一個偌大的客廳，一道玻璃門隔開了客廳和臥室，房間裡持續不斷傳來嬰兒的哭聲。

她看著房門。

「我正要去餵奶，」她抱歉地說，「但是可以等一等。這裡是客廳，」她說，小心翼翼地看著這些潛在的買家。「請多包涵，這裡有點凌亂。」

「沒關係。」

年輕的妻子環顧四周。地板上還留著明顯的痕跡，那些家具顯然才剛搬走。褪色的牆上，原本的色塊凸顯而出。為數不多的家具以一種「不速之客」的姿態堆積在地板中央——倉促而臨時的擺放著。陽光斜斜照在窗臺上，那裡擺放的盆栽，盆內的泥土已經因為過於乾燥而裂開。

她感到寒冷，把大衣外套往脖子處拉緊。

「這裡還挺寬敞的啊。」她說，並帶著詢問的目光看著她的丈夫。

他可以稍微友善一點啊，她想。

他瞪著天花板，同時指向一塊暗漬。

「天花板是不是漏水？」他懷疑地問。

仲介聳了聳肩。

「小事一樁，」他說，「一個壞掉的瓦片，只要大約四至五克朗就能修補了。」

「不該出現這種問題的。」

年輕人冷冷地看著房子的女主人。嬰兒的哭聲此刻已經變成了放棄般的嗚咽。

「您先去餵奶吧，」她急忙說，「接下來讓亨利森先生帶我們四處看看就好了。」

長時間的站立讓她開始感到疲憊。幸好他能留意到這些細節，她想，並企圖擺脫忽然籠罩著她的悲傷情緒。賣房子的人，總是企圖掩飾一切不足之處。她的丈夫看著她，眼神變得稍微溫柔了一些。

「妳坐下吧，葛蕾特，」他說，這個陌生女人讓他本能地感到不舒服，而此刻他有了具體的理由支持他的感受。身為一名母親，她最起碼也該體恤一下孕婦，提供一張椅子。

仲介再次笑起來。他的肚子裡彷彿有個空心透明桶滾下斜坡般，轟隆隆地作響。當葛蕾特坐下的時候，他溫柔地看著她。

「男人都是這樣。」他相當虛偽地說，並抱歉地搖了搖頭。「我們到樓上去看看好嗎？太太，您去餵奶吧。我會處理好這一切的。」

女人有些遲疑，彷彿對於他是否能讓她滿意地「處理一切」，一點信心也沒有。就在那短暫的停頓間，小女孩清亮的聲音忽然響起。她依舊站在那裡，抓著她母親裙子的一角。

「下雨的時候，雨會穿過天花板濺落下來。」

母親緊張地把裙子從女孩手上掙脫。她的臉頰因為惱怒而漲紅。

「把妳的嘴巴閉上。」她語帶威脅地說。

那孩子把手臂擋在臉孔前，似乎害怕會被賞巴掌，臉上的表情和她哥哥剛才一樣挑釁。

仲介幾乎要笑出聲來。

「如果您不注意一下，孩子們會把所有買家都趕走哦。」他說，臉上的歡樂表情像是瞬間被一隻無形的手所抹去，消失無蹤。葛蕾特忽然看到他眼中有抹微光，使得她心裡隱隱浮現一點焦慮。她對著那孩子笑了笑，但是孩子沒有回應她的微笑。

「啊，他們肯定是因為要離開自己的家而感到難過，」她善意地說，「這是很自然的。」

仲介點點頭，同時把一支雪茄頭剪開。

「孩子們都不知道，怎樣才是對他們最好的選擇。」

他會意地看著那位母親，彷彿在等著她對他表示認同。

丈夫皺了皺眉頭。

「下雨時會漏水，這是真的嗎？」他以質問的語氣問道。

像個說了謊而被逮到的孩子般，紅暈一路從女人的臉頰慢慢紅到脖子上。

她張嘴想要回答，但是仲介搶在她之前回答。

「純屬胡言亂語。」他簡短地說。

他的身影依舊散發著職業所需的看似可靠的歡樂，但是葛蕾特再次發現他蒼白的眼裡有一抹警告或威脅的表情。這個表情，在他們之前和他一起去看房子時不曾出現過，而她看不懂他和那女人互相交換的那些眼神。她看起來很怕他。她在胸前畫了一道十字，作為防守姿勢。

仲介向前跨了一步，走向通往玄關的門。

「我們上樓看看吧，」他企圖轉移注意力，「讓女士們聊聊天。爬樓梯對您太太來說肯定太累了。」

女人站在地板中央看著這兩個男人，好像想要跟著他們。迷失、猶豫不決。她的目光滑隨即向葛蕾特沉重的身影，彷彿直到現在才真正看到她。

「我不太喜歡這個仲介。」她悶聲說，並動手解開裙子的釦子。「您不知道，像我這種狀況的女人究竟遭遇了什麼事。」她苦澀地說。

葛蕾特尷尬地看著她。

「這……我很抱歉。」她不確定地說，忽然覺得她並不是對這個陌生的女人或者她的孩子們感到抱歉。是另有其事。而且，早在來這裡的路上就已經開始了。他們很早以前就開始計劃孩子將來會在怎樣的房子裡長大，這並沒有任何錯誤。他們和房屋仲介一起參觀了不少房子；漂亮、維護良好的房子，裡面住著舉止合宜的人，對他們來說，賣不賣得成房子好像並不太重要。而這兩個男人對他們說話時也帶有基本的禮貌。對於每一棟房子，她幾乎都喜歡，然而她的丈夫總會找到一些不喜歡的理由。每次當他決定他們不買時，都像是完成了一項不錯的交易那樣滿足，雖然實際上根本沒有任何交易。為什麼他要瞪著天花板上那個微不足道的斑點？他也用同樣的方式看著女人和那個小女孩，彷彿她們也是這房子裡一個可以讓他砍價的缺陷。他肯定也不會想要買這棟房子的。等他們回到家的時候，他會看起來像是他又完成了人生中最高明的一項交易那樣。四處去看房子，她已經非常厭倦，而且只能在腦海裡擁有這些房子片刻，隨即又再失去。她有一種可怕的預感，他們永遠都不會擁有任何房子，忽然之間，她很想哭。

「您想看看寶寶嗎？」

女人站起身來，臉上有一股溫暖的表情。小女孩在客廳一角坐下來，玩著家家酒的玩具廚房。她們聽得見男人們在樓上的腳步聲。

她懷裡抱著嬰兒，臉上帶著驕傲的神情看著葛蕾特。

「他可不可愛？」她坐下來把乳頭塞進嬰兒嘴裡，同時開口問道。

「當然可愛。」

葛蕾特好奇地看著那皺巴巴的小腦袋，像所有的嬰兒一樣，脖子後光禿禿的。她微笑。

「我很期待小孩的到來。」葛蕾特親密說著。

那位母親的臉上掠過一道陰影。

「我們結婚十一年了，」她對著空氣說，「然後，我的丈夫在辦公室遇見了一位年輕女孩——」

她抬起頭來，直視葛蕾特的眼睛。

「我到現在還是不明白，」她說，「他真的永遠不會回來了，留下我處理這一切。『把房子賣掉就好，這樣，妳可以得到一筆錢。』他說。他知道，對於這種事，我一點概念也沒有。妳根本不了解跟妳結婚的那個人。」

彷彿被無形地打了一記，葛蕾特低下了頭。

「是啊。」她輕輕地說，焦慮沉重地壓在她心上。她現在極其渴望可以回家了。

男人們走下樓來。他們在玄關急切地低聲說話。然後他們站在門邊。仲介猛烈地抽著他的雪茄。

「您願意把價錢減至兩萬，對不對？」他看著那位母親說。

「現金付款，」他見她不回答，補充說，「那間公寓也不錯，兩房外加一間小室。便宜。」

這是一宗房子交換買賣[4]。

丈夫靠在門框上，對著每個房間的空間做了客觀的觀察。

她抬起頭，下意識地稍微遮蓋了胸口。無數思緒在她腦海中盤旋。有些人你無法信任。房屋仲介將獲得最終交易金額的百分之一，因此他只在乎把房子賣出去。對於頭期款的多寡，他完全不在乎。他不喜歡她。她究竟對他做了些什麼呢？如果孩子們可以不說這種話就好了。那真是太尷尬了。但是他們什麼都不懂啊。他們只是不想離開這房子。他們在這裡長大。他們在這附近有玩伴。他們連襪子都沒有。在雜貨店的賒帳越來越多，店家們開始抱怨了。他們以和站在門邊這兩個男人一樣的目光看待她。無以計數的人們曾經踐踏這些房間，卻沒有人願意把房子買下。只希望兒子沒有像上次那樣，衝進來說下水道每隔一段時間就會溢滿水，導致地下室積水。兩萬。那也算是一筆不小的數目了。她筋疲力竭。她被一個男人離棄，卻得依賴其他以看待一個殘疾人士的眼

4 譯注：指雙方以大房子換小房子，差額再以現金補償。

光對待她、而且彷彿明白她為何被拋棄的男人們。孩子們也變得很沒有禮貌。有時他們也以同樣的眼神看待她。

她深深地嘆了一口氣，抱著嬰兒，站了起來。

「如果您覺得，這是合理的。」她說。

仲介的臉被濃煙遮住。她彎著身子，站在床邊，把被子蓋在嬰兒身上，整頓好。

那兩個男人背著她，交換了眼神。葛蕾特低下頭，小心翼翼地整理裙子上的一個皺褶。屋裡出現一股緊張的氛圍。

「但是，我預計的是兩萬五。」

那位母親挺直了身子，用手背拂過額前的頭髮。她用懇求的眼神看著年輕的妻子，她躲開了她的目光，彷彿那裡隱藏著某種危險。她的耳邊嗡嗡作響。他下定決心了！她不必再跟在這個她討厭的仲介後面到處去看陌生的房子。為什麼埃納爾同意要欺詐這個可憐的女人？他們一直都預計是要支付兩萬五的。或許他們其實完全沒有欺詐她。他們是男人，他們知道如何做生意。只要重新油漆和整修以後，這裡就會變得很完美。或許，這位母親和她的三個孩子也會喜歡我們的公寓？她的心臟快速地跳動著。「妳根本不了解跟妳結婚的那個人。」那件事對她來說也很奇怪。對某些人而言或許是，但是不代表對她而言也是這樣。

「那是原本的約定，」女人氣餒地說，「沒有人可以諮商的時候，真的很難做決定啊。」

房屋仲介再次搓了搓雙手，彷彿打算要一頭跳進冰冷的水裡。

「您有我，」他說，「我只考慮您的利益。」

他抱歉地聳了聳肩。「這對年輕的夫妻，沒辦法再支付更多了。」

「嗯，好吧，」她輕輕地說，「那我只好讓步了。」

仲介把雪茄從嘴裡抽出來，頓時變得活潑而積極。他請大家在客廳中央的桌旁坐下，從文件夾裡抽出文件。

「請您在這裡簽名。」

他給了年輕人一支鋼筆，他們展開專業甚至有點激動的對話。優先考量、物業稅、抵押等專業名詞，在這兩個沉默女子周遭的空中飄揚，她們則各自沉浸在自己的思緒裡。

當一切處理妥當，房屋仲介滿意地看著這一對討人喜歡的夫婦。幸福的人，他想，並有一種雖然模糊卻良好的感覺，他把好事降臨到他們身上。丈夫迅速地站了起來。他覺得空氣不太好。葛蕾特看起來臉色蒼白。

「再見，謝謝您的交易，」他握了握女主人的手，客套地說，「明天我會把支票寄給您。」

葛蕾特嘗試和還坐在地板上玩著玩具的小女孩說再見，但是她抬頭，充滿敵意地看著她，並且把雙手放在背後。

於是她尷尬地轉過身去。她很想看看樓上是什麼樣子，但是男人們看起來急著想離開。

他們在屋外的花園裡停了下來，看著那幢房子。

他摟著妻子的肩膀。

「嗯，」他充滿愛意地說，「妳高興嗎？這項交易很划算，相信我。」

她低頭，用鞋尖在地上刮了一下。

「為什麼你不按她要求的數目支付呢？」她問。「我們有錢啊。」

兩個男人開懷大笑。

「女人。」仲介高姿態地說。

太陽將要西下。陰影落在紅色的牆上。她忽然感到一陣噁心。她靠在丈夫身上。

「你能幫我們兩人思考，真好。」她說。

「三人。」他微笑地糾正她。

仲介像隻可愛的小鳥般，側了側頭。

「青春啊！」他感動地說。

三人往車子走去。

那位母親站在窗簾後，看著他們離開。

鳥兒

她讓計程車在退休老人公寓外停下，並請司機稍等一下。沒一會兒，她伴著母親出現，協助她上車。她說了醫院的名字。這是一段漫長的旅程。

「這真的沒有必要，」她的母親卑微地嘆氣說，「打電話給妳的時候，我只是想，阿斯格或許有時間能送我到醫院去。」

「他辦公室的事情太多了，必須加班。」

薇菈也聽見了自己聲音裡的不友善，於是換了一個較為溫和的語氣補充說：「我們兩個都很忙。幼稚園的助理生病了。妳放心吧，他今天應該會覺得好一些。」

「如果真的這樣就好了，但是我不這麼認為。」

她一生都是如此，僅僅往壞的方向思考。

一盞路燈的光線，短暫地照亮了她的臉。滿頭白髮上斜斜地掛著一頂帽子，她的頭總是輕輕晃動著。薇菈知道，那是動脈硬化症。母親稱之為「神經問題」。

「昨天，維利看到他的時候，嚇了一跳。」

她的聲音聽起來有點得意。

「事後，他說他從來沒見過他的父親如此沮喪。他和阿絲塔都很樂意開車送我去，但是他們今晚有約會，所以才無法幫忙。」

阿絲塔是薇菈的嫂嫂，維利的第三任太太。薇菈自己也結過三次婚。但是這一次，她想，維利很幸運。阿絲塔是個善良的人，她崇拜他。

「我沒有駕照啊，」她疲憊地說，「我晚上出門的時候，奧拉總是很難過。」

奧拉是她的么兒，年僅七歲，年紀跟她的其他孩子相距甚遠。

「我能理解，」她母親抱怨，「我也沒要求妳叫計程車啊。」

「沒關係。」薇菈有點勉強地說。

她開始流汗。他們究竟為什麼把他安置到離城裡最遠的那間醫院？最重要的是：為什麼她無法握著母親的手，拍拍她的手？她們各自坐在角落，互相碰觸到的只有彼此的外套。維利總是做得到。他會摟著她的肩，逗她笑。維利一直都是這個家庭的驕傲。他是如此英俊而機警的男孩。他繼承了母親的活潑和生命力。當他們還小的時候，母子兩人總是營造出歡樂的氣氛，她和父親則彷彿都被排除在外。他們獨自處在各自的世界裡。薇菈無法記得，她和父親之間是否有過任何認真的對話。直到她長大以後，終於有了這樣的機會，父親卻開始重聽了。此外，他們又能夠聊些什麼呢？他比她年長四十歲，一直以來，他在她眼裡都是個老人。在她離家前的十四年光陰裡，她和他們同睡一間房，她親眼目睹了他們那可憐貧乏的婚姻生活，而她不懂，為什麼今時今日他們卻無法離開彼此。老天爺啊，他們經常吵架！而那個可憐的男人總是得讓步。和一個比妳年長十歲的男人結婚，真是個明智的舉動啊。這樣一來，妳或許就能把他們牢牢抓住。薇菈的丈夫個個都比她年輕——

「我們也很久沒有見到阿斯格了，」母親在她的座位角落裡說，「他不是生病了吧？」

薇菈的心跳開始加速。童年那股舊時的焦慮忽然在她心頭蔓延。她覺得母親的眼神正打量著她。

「天啊，當然不是。」她緊張地說，「他沒事。只是一些薪資協商會議，占據了他所有的時間。」

只需說出一個她聽不懂的詞彙就夠了。

「妳可以想像毛毛有多想念爸爸，」母親忽然用親密的語氣說，「我安撫了牠一個下午。」

毛毛是他們的鸚鵡。他們養過好幾隻。牠們一律都叫毛毛，而每當牠們到了母親厭惡地形容「坐著抓撓自己」的年齡時，不是被賣掉，就是被人道毀滅——而父親總是為此感到哀傷。

「媽，現在試著看起來高興一點。」當她們走在醫院長長的走廊上時，她這樣說。「這樣會讓爸振作些的。」

她自己則掛上了當她面對難搞的孩子的家長們時，常用的那副表情。她真真實實地為老人感到難過，而她有充分的理由希望他盡快康復。例如，她得花費四十克朗來接送母親，因為錢對她來說，開始不是一件小事了。

他躺在那裡，那張蠟黃、凹陷的臉正對著門口，當薇菈看見他的時候，心裡一陣刺痛。她上次看到他是他手術後的那一天，他彷彿在這個星期內萎縮了，皮膚變黃了，連眼白都呈黃色。但是當他親吻妻子的雙頰時，他高興地微笑著。之後，他才看見薇菈。她笨拙地拍拍他的手。

「嗨，爸，」她大喊，「你看起來精神不錯。」

「妳說什麼？」

她更大聲地喊著，而他用一隻胳臂撐起身子，臉上露出痛苦的表情。

「我感覺也不錯，」他說，「我想，應該過幾天就可以回家了。」

他呼吸急促，而母親坐在椅子上，以非常擔憂的眼神看著他。她看著床頭的板子。

「他不太好，」她對薇菈說，「他的心跳高達八十。」

「這很正常，」她不耐煩地說，「他甚至沒有發燒。」

她想不出可以對他說些什麼，勉強給他一個鼓勵的微笑。這是一間雙人病房。旁邊的床上躺著一個張著嘴的男人，他眼神僵直地看著天花板。母親告訴她，他幾乎一直這樣躺著。他從一家精神病院轉過來，也會被送回去。從未有人來探訪過他。

父親重新躺回枕頭上。他們從他臀部切除了一顆腫瘤。醫生們告訴維利說，那是良性的。但他們總是這樣告訴病患的家屬。他們說，以他的年紀來說，手術算是順利。

「妳們怎麼來的？」他聲音虛弱地問。

「計程車。」母親對著他的耳邊大吼，「我也對薇菈說，這樣實在太貴了。但是阿斯格沒時間載送，你也知道，我不喜歡搭電車。」

「是啊。」他輕聲說，並且有點責備地看著俯身靠在床腳的薇菈。

「妳媽被搞糊塗了，」他語調微微提高地說，明顯有點急了。「她晚上在城裡找不到路，電車會讓她暈頭轉向。」

「是啊，幸好我們有維利和阿絲塔。」母親說，並把帽子摘下。她的頭彷彿失去支柱般，晃動得更厲害了。

薇菈覺得很熱，解開了外套的釦子。當她們回家時，如何才能避免請母親進屋喝杯咖啡呢？上一回維利接過了這個難題。母親無法承受孤單。她半夜才上床睡覺，而且必須開著燈睡。

老人打了個盹。他張著嘴，露出了黑色的牙齒，彷彿再也闔不攏。他的胸口冒出哮鳴聲。

「天啊。」

母親擦了擦眼鏡後的眼睛。

「他大概捱不過去了，薇菈！難道妳沒看見，他的膚色變得有多黃嗎？」

「一點黃疸也是正常的，」她說，完全不在乎那是不是真的。「妳不要讓他發現妳那麼緊張。告訴他一些讓他高興的事。告訴他有關那隻鳥的事。」

他重新睜開了眼，並未察覺自己剛剛睡著了。

「毛毛想念你，」母親說，嘴形非常明顯。「牠變得煩躁不安。牠想要再啄啄你的鬍子。」

一抹微笑滑過他凹陷的臉孔。

「是啊，」他說，「那是一隻聰明的鳥。我們會把牠留下，對嗎？」

母親的嘴角露出酸溜溜的表情。

「只到牠長大後，」她說，「你很清楚這一點。」

當她看到她的回答讓他感到沮喪時，便把嘴巴湊到他的耳邊。

「艾美的女兒要離婚了，」她得意地大喊，「她丈夫已經有了別人。」

「哦，」他滿意地嘀咕，「所以她要離婚了？這樣他們就沒有理由繼續那麼囂張了。」

艾美是薇菈的表姊，母親的姊姊的女兒。當維利和薇菈離婚的時候，這位姊姊驕傲地說，這種醜事絕對不會發生在她的艾美身上。她們兩姊妹一直都在互相較勁。艾美的母親嫁給了一名出師的技工，而妹妹只能屈就嫁給非專業的工人。然後是孩子們之間的比較。艾美和一名穩定的工匠結了婚，而當時薇菈和維利的社經地位較高。然而他們後來都離婚了，這種事也無法長期隱瞞。或許艾美無法攀入上層社交圈，但是她絕不會離婚。她一直都是個好女孩。

薇菈長大以後就沒有再見過艾美。她根本就忘了她有一個女兒。

「是啊，我一直這樣對阿曼達說。」她的母親說，「這種事會發生在任何人身上。」

她的姊姊阿曼達，已經八十六歲了。

薇菈感到非常疲憊。醫院裡強烈的氣味讓她反胃。探病時間只限定在傍晚是相當不實際的。她究竟要如何才能把母親拖回家呢？

護士進來，替兩位病人調整了一下枕頭。

「探病時間結束了。」她平靜地說。

就在這一瞬間，維利走進門來，他的身材寬闊而結實，穿著出席宴會的服裝，黑色的頭髮上沾著雨珠。薇菈的臉蛋因為高興且鬆了口氣而通紅。維利也想到了同樣的問題。他會處理的。

「大家好，」他以洪亮的嗓音說，「你好，爸，你看起來氣色很好啊。」

他握了握父親無力的手，看見他如此虛弱，他快速地眨眨眼。接著他轉身面對母親，勇敢地吻了她的臉頰。越過她的肩膀，給了薇菈一個安撫的微笑。

「妳好，妹妹。」他溫暖地說。

他握住了她的雙手。

「我載妳們回家，我先送妳，再送媽媽。」他爽朗地說。

雖然他說得很隨意，但是在他們和母親之間還是有股緊張的氛圍迅速蔓延開來。他們都聽見父親喘息的聲音。他又睡著了。訪客絡繹不絕地經過走廊。

母親戴上帽子，臉上有一種被冒犯的表情。

「我其實想和阿斯格及孩子們打個招呼，」她說，「我不必急著回到我那空蕩蕩的客廳。」

「這樣啊，」維利大聲地說，在那個瞬間，他看起來像個小男孩，雖然他已經快五十歲了。「只是，我還得趕回其他人那裡，我是半途跑出來的——」

他抓了抓頭，並且避開了薇菈的目光。

「媽媽必須回家去陪毛毛。不然毛毛太可憐了，毛毛不習慣獨自呆著。」

他們三人同時望向父親，彷彿他們差點忘了他。他迎向他們驚訝的目光，眼裡有一抹遙遠的微光，來自於他在長久消失的時光裡的那股力量，忽然間又因為一些微不足道的事情而重振起來。接著，他重新閉上了眼睛，而胸口繼續發出哮鳴聲。訪客的人潮逐漸退去，護士再次出現在門口。

「探病時間已經**結束**了。」她嚴厲地說。

「好，好。」母親可憐兮兮地說，她的頭搖晃得比平時更厲害了。

「就照他說的吧……既然他希望這樣……誰知道他還能陪伴我們多久……」

她把手臂放入她那強大的兒子樂於助人的臂彎裡，而他回頭看了看正往電梯走去的薇菈。

他們相視而笑，如釋重負。

小鞋子

赫麗娜一大早醒來，覺得她整個人生都是失敗的。她已經失去了對生活的控制能力。她把這種無力與絕望的感覺歸因於各種不同的事情，就像一隻被困在陷阱裡的動物，試著往各個角落尋找出路。然而，每一天，都以一個堅定的信念結束——那是她唯一的信念——即，她對自己周遭的一切毫無控制力，也完全沒有能力改變她人生裡的一切，或者去改變那些導致她人生失敗的人。

她的丈夫在隔壁的房間裡咳嗽，翻身的時候，他的床吱吱作響。她想著，他們曾經有過幸福的日子，他們曾經如此相愛。距離他上次挽著她的手臂，已經有半年以上的時間了，而那回最後的擁抱和以前的擁抱不一樣。現在想起當晚種種，非常明顯，就是一場告別。他彷彿用盡全力想要把舊日的熱情召喚出來，卻徒勞無功，事後，他帶著無聲、責備的眼神看了她許久。

赫麗娜感覺自己嘴裡有類似塵灰的味道，同時她也聞到了自己身上汗水和睡眠的氣味。這股氣息，於她、於他都一樣陌生。別人無法忍受她的同時，她也無法忍受自己。她閉上眼睛，聽見廚房裡漢娜的聲音。此刻，她和孩子們帶著愉悅的心情，精神奕奕地喝著咖啡，兒子房間裡的留聲機正模糊不清地播放著空洞的流行音樂。這個麻煩的女孩，周遭整天存在著巨大的噪音，以致赫麗娜老是想把她解僱，卻一直沒有付諸行動。她告訴自己這不過是小事一樁，然而，當她蜷縮著身子躺在被子裡時，這想法還是影響了她，這個女孩的存在，讓她感到一種沉重的憤怒。當她抱怨漢娜的時候，她的丈夫大笑說，她應該以詼諧的角度來看待整件事。「漢娜不是一個人類，」他興奮地解釋：「她是一種現象。」他最近的心情很好，非常滿足，非常專注於他的工作。赫麗娜已經不再工作了。她曾經是兒童心理專家，而且非常喜歡她在精神科工作的那段時間，但是，後來他們的人生出現了翻天覆地的變化，亨利向她解釋，以稅收的角度來看，她不去上班賺錢反而比較划算。很顯然，屈服於他那無法反駁的論點是她的錯誤。除了處理她自己的氣餒之外，她一整天什麼事也做不了。她甚至無法打起精神來閱讀。她不再享受和朋友們的相聚。她彷彿被寂寞包覆，或許，這一切在某種程度上，是她自己造成的。

已經八點了，漢娜預計她會在孩子們上學後起床，這樣便能開始清潔工作。漢娜從不浪費她天性裡親切隨和的那一面。赫麗娜確定，這女孩知道她不快樂，或許也知道原因。

就在她光著腳踩上冰涼的油氈地板時，亨利打開了連通他們房間的那扇門，走向他們共用的衣櫃裡屬於他的那個角落──堆滿了整面牆的一堆凌亂物品──在裡面翻找乾淨的襯衫，看也不看她一眼。然而，她還是從他的背影看出來，他想要對她說點友善的話。

「我起來了，」他說，「妳跟漢娜說一聲。還有，叫她把那該死的留聲機關掉。」

赫麗娜在床下翻找鞋子。近來，當他在她旁邊的時候，她總是覺得自己蓬頭垢面，衣著不當。

「然後她就會自己唱起歌來，」她說，「你總不能把她的聲帶切除掉。」

「可惜，確實是沒辦法。」

他感恩地大笑，彷彿她說了個笑話，然後把襯衫披在他穿著條紋睡衣的肩上，走回自己的房間。她忽然驚覺，他們除了漢娜以外，沒有其他的話題，彷彿她是他們之間唯一的聯繫。這簡直太瘋狂了。

她穿上舊浴袍，穿過長長的走廊走到廚房。

「早安，」她靠著門框說，「我的丈夫正要起床，妳可以準備咖啡了。還有，請妳把留聲機關了。」

漢娜抬頭，用那狹小的綠色眼眸看著她。她坐著，兩隻手肘撐在桌上，手裡捧著一個杯子。一件粗糙的針織上衣凸顯了她豐滿的胸部。赫麗娜不得不壓抑自己想就地把她開除的強烈衝動。她站在那裡，直到那女孩緩緩起身，臉上帶著無禮的微笑，散發著年輕人愚蠢的性意識優越感。赫麗娜憤怒地想，那是個故意傳遞給一位人老珠黃女性的笑容。

前往浴室的路上，她差點被女兒的鞋子絆倒。她把其中一隻鞋子拿在手中仔細端詳，並以充滿愛意的動作輕撫那精緻的紅色皮革。鞋子不大——三十六號——高跟，鏤空，鞋面短而上翹，那是一雙有點故作風騷的鞋子，看起來除了扭動以外沒有其他用途，但是琳達穿上後卻仍能毫不費力地走動。十八歲的琳達是個避風港，停靠著赫麗娜無所歸依的心，如同此時，站在黑暗的走廊，手上拿著這個小小女人的東西，她對長女的溫柔便足以蔓延到飽受折磨的意識裡。亨利疼愛琳達，如她自己一樣地寵愛著她。作為繼父，他的舉止非常合宜。他愛女兒，並勇敢地努力隱藏對兒子的抗拒。他們結婚的時候，兩個孩子分別是七歲和四歲。赫麗娜的第一任丈夫死於肺結核。這個悲劇從來沒有真正融入她的內心深處，她得費盡全力才能回想起當時的具體狀況。過去對她來說總是顯得不真實。

「我現在可以刮鬍子了嗎？」亨利禮貌地問，嚇了她一跳。她沒有聽見他走進來。

「當然。」她有點困惑地說。她覺得他彷彿從她手中的小號鞋漸漸往下看向她的方形平底室內鞋——三十九號——包覆著她那經常在早晨時臃腫的腳，以一種已婚婦女的醜陋方式顯露出來。不過是一瞬間，接著他便消失到浴室裡，她對自己說，她變得有點過度敏感了，但這個微不足道的插曲依然摧毀了她脆弱的快樂。

她移步到飯廳，鬱鬱寡歡地坐在一張類似會議桌的大桌子旁，漢娜正以誇張的姿態布置餐桌，並發出沒有必要的噪音。赫麗娜成功地維持了避免對話的表情。漢娜所說的一切話語，都能喚起她心裡的焦慮與不安，而她並不知道為什麼。她天生不適合有家務助理。她天生不適合被照顧及依賴他人。她尤其天生不適合滿四十歲就擁有已經成年的孩子。漢娜是這個家庭兩件重大事情的成果。首先是亨利在公司裡升遷到一個責任重大的高級職位，而那讓他們原本卑微的生活方式顯得格格不入。這個職位——赫麗娜並不清楚其職權——要求必須有一個看起來更高雅的家。因為亨利的人脈，他們賣掉了小小的房子，搬進了這間位於哥本哈根市中心的七室公寓，並請了一位房屋顧問來為他們裝修新家，最後聘請了漢娜作為他們社會地位進階的證明。那些沒有被他們丟棄的家具，都放在漢娜的房裡，每個晚上，不同的年輕男人或坐或躺在那張曾經裝飾他們客廳的紅色沙發上。對於男人，漢娜來者不拒，她堅信數量才是最重要的。住在這裡的半年內，他們舉辦了兩次聚餐，而赫麗娜覺得自己根本無法在亨利的同事以及他們完美、說唱俱佳的妻子面前扮演女主人的角色，她們似乎對丈夫的工作都非常了解。好像是和鐵的買賣相關。赫麗娜的家事能力不值一提，而漢娜則穿著長褲、帶著一副她並不差人一等的自負神態出現，讓人難以忍受。或許，僱用她正意味著他們婚姻的結束。

「我在想，」漢娜彎身向前靠著她，把一盤麵包放在桌上，說：「我們是不是可以收集一些衣服送到阿爾及爾援助計畫去。琳達和莫登都有很多不穿的衣服。琳達的鞋子比她一生能磨損的還多。而莫登和我找到了一堆他已經穿不下的毛衣和襪子。他對這個想法感到非常興奮。他真是個無私的男孩。」

漢娜利用一連串偉大、人文主義的想法，在這個家庭中點起了一場私人的階級戰火。

為什麼她和莫登會共同討論阿爾及爾的問題？不，人們對他們的周遭環境一點影響力也沒有。漢娜靠在她身邊，年輕，充滿了下層階級的仇恨和自以為是。赫麗娜把茶匙平穩地擱在杯緣。她把椅子從這個盛氣凌人的女孩身旁稍稍移開。

「妳就收集一些吧。」她冷冷地說。

漢娜二話不說地坐下，瞇起眼睛瞪著她看。

「是這樣的，」她尖銳地說，「如果沒有人給予幫助，有百萬人將會死亡。」

百萬人即將死亡，這當然就是赫麗娜的錯。

亨利穿過走廊，走進來穿衣服，身上散發著刮鬍膏和髮膠的香味，提醒了赫麗娜，她該在他們一起吃早餐前洗個澡。

「好，我明白了，」她把椅子往後推，站起身來，「妳先把咖啡顧好。」

一陣突如其來的衝動驅使她推開莫登的房門，走了進去。那是一個凌亂的男孩房間，房間裡有一臺無線電留聲機、錄音機、架著三腳架的照相機，以及一堆孩子氣的珍寶，比如笨拙的木刀、一把摺疊刀、布滿灰塵的硬紙板上的蝴蝶收藏品，和一個自製的化學實驗儀器。牆上貼滿了還算不錯的大自然抽象畫作，用透明膠帶貼著，而房屋顧問篩選的窗簾也因為骯髒的手印而有了個人特色。地板中央確實放著一堆被丟棄的衣服，赫麗娜坐在兒子凌亂的床上，盯著這堆衣服看。漢娜趾高氣昂地端著咖啡壺，透過敞開的門，拋給她一個勝利的眼神。她轉頭看著窗子，注意到了墨跡斑斑的桌上那本攤開的書。莫名的焦慮在她的心裡擴散。她走過去，拿起那本書。書名是《愛情A到Z》（*Kærlighedens ABZ*），扉頁上端正地寫著漢娜的名字。她究竟為什麼要把這種書借給一個十五歲的男孩？他接受的是現代教育，對於這類課題非常了解。漢娜今年二十二歲。有沒有可能……？

她把琳達的紅鞋子挪到旁邊，頓時察覺到鞋子內側是乾淨的，都是全新的。即便是她自己，也還無法習慣要求她的丈夫為她購買非必要的東西，但是琳達卻做得到。當她伸出她的小腳說：「看，亨利，鞋子無法再修補了，我在瑪格星（Magasin）百貨公司有看到一雙很可愛的。」這種時候，琳達是叫人難以拒絕的。

晚上，他們坐在客廳，他和琳達興致高昂地聊著天，而她長長的金髮輕輕撫過他協助她解答的數學題上。他們無需討論漢娜。在琳達的世界裡，那女孩並不存在。剛開始的時候，她曾經拒絕了一兩次和漢娜一起逛街的邀約，赫麗娜不得不欽佩她女兒對於侵入性生物那種維持距離的自然態度。琳達和家務助理之間永遠不會有任何麻煩。

洗澡的時候，赫麗娜想，琳達的生命裡從未出現過任何年輕男人，這事有點奇怪，就連一個男孩也沒有，只有幾個女性朋友來過家裡喝下午茶，高中女生，亨利在事後還非常紳士地開車送她們回家。但她確確實實是個宅女，完全滿足於她的書和編織、經過時輕輕相互觸碰彼此雙頰示意的招呼，還有她那甜美的、年輕女孩的房間——完全不需要漢娜的幫助，她自己就打理得很完美。

莫登的朋友只能待在他的房間，而且聚會後絕對不會有人開車送他們回家。凡事皆有其序。赫麗娜一直都有意識地把兒子照顧好，而他和琳達之間除了一般手足正常的爭風吃醋之外，並沒有其他的嫉妒情緒。

她盯著鏡子裡自己青綠色的臉看。都是因為那刺眼的螢光燈管，她一直沒有力氣把燈管換掉。我們應該生一個屬於我們兩人的孩子，她忽然這樣想。她疲憊地把額頭靠在鏡子上，同時聽見漢娜在廚房裡唱歌：「為什麼你離我而去？回來啊，回來啊——」亨利在飯廳跟著一起哼唱，她覺得自己被背叛和排擠在外。在這間屋子裡發生了一些什麼，就在她眼皮底下，每個人都知情，可是她在他們之外，他們遠離了她。這是一天天慢慢積累而成的。她走進自己的房間，很快地把衣服穿好。襯衫和裙子。她的心跳得很快，她把一雙最不舒服卻最不笨拙的鞋子找出來。黑色的鞋子，尖尖的鞋頭，腳踝上有一條窄窄的帶子，彎曲而半高的鞋跟。她忽然看見母親出現在她眼前。在一間鞋店裡，赫麗娜要買一雙新鞋子。那是她要開始第一份工作的不久前，當時她大約十四歲。她的母親說：「這將是我們買給妳的最後一雙鞋。」瞬間，她看到父母眼裡的自己：一個消費者、一筆他們如今可以不必再繳交的費用。赫麗娜如今和母親之間的關係並不太好，而她非常自豪能和自己的孩子建立起溫暖而持久的聯繫。然而，真的是這樣嗎？妳真的認識妳自己的孩子嗎？

她在亨利對面坐下，看著他那張英俊、略帶滄桑的臉，他的眼睛周圍有著煙燻般的黑眼圈。她忽然發現，她其實根本不認識他。

「我在莫登的房間裡，找到了一本有關性的書，」她壓著嗓子說，「是漢娜借給他的。他們兩人玩得有點過火了。」

亨利大笑，然後咬了一口麵包。

「妳不過是嫉妒罷了，」他說，「如果她誘惑他，那也很健康。家裡的兒子跟女傭睡，這一直是個古老的傳統啊。」

他眼中迅速閃過一抹蛇般的神情，像是在評估他能傷她多深。他恨我，她驚訝又錯愕。

「他只是個孩子。」她喃喃自語，沒有一點說服力。

「他已經十六歲了，」他冷冷地說，「如果做母親的能夠明白這些，可以省去許多麻煩，即使孩子還在上學，他們還是長大了。」

「他極可能會愛上她啊。」她困惑地說，又忽然沉默了，因為現在他們彷佛說的是另外一件事。

亨利僅僅聳了聳肩，站起來，把椅子推到桌子底下。她也站起來，朝他走了幾步，彷彿要把他送到玄關，當初他們關係還不錯的時候，她總是這樣做。

他低頭看著她的鞋子，片刻間有點困惑。

「妳為什麼一大早穿著宴會穿的鞋子到處走動？」他問。

接著，沒有等她回答，也沒有說再見，他便出了門。

她陷入椅子裡，凝視著窗外。十一月灰暗的光線完全滲入了她體內，為她鋪上一層灰頭土臉的絕望。漢娜踩著她那做作的步伐，搖搖擺擺地走進來，把杯子放到托盤上。

「我可以把琳達的舊衣服都找出來嗎？」她直言不諱，「就如我之前說的，她的鞋多得穿不完。您的丈夫買了太多鞋給她。恕我直說，他有點迷戀她——」

她就此打住。

赫麗娜的所有焦慮和絕望，全都聚集在一片波濤洶湧的怒海當中。紅色的斑點在她眼前飛舞，與此同時，她緩緩地站起身，那女孩不由自主地往後退了幾步。

「妳……妳……」赫麗娜結結巴巴地說，「妳可以收拾妳的破衣服，馬上離開這裡。我們不再需要妳了。」

「天哪。」

漢娜很快地回過神，她那雙距離甚近的狹窄雙眼裡充滿了陰險的勝利。

「我希望收到整個月的薪水。」

赫麗娜沒有回答她，而是飛奔到她的房間裡，拉開書桌的抽屜，把支票簿拿出來。在她曾經輝煌的日子裡，攢下了一筆不多不少的錢。她用顫抖的手填好支票。

「拿去。」

她反手越過肩膀把支票遞給跟在她後面的漢娜。

「妳現在就收拾東西離開。」

那個讓人無法忍受的人，哼著歌，穿越走廊，回到她的房間。赫麗娜踢掉了鞋子，伸展她飽受折磨的腳趾，把頭埋在桌子上，淚流滿面。

妳對周遭的環境沒有任何影響力。妳不是自己命運的主人。妳唯一能做到的只是避開那些擅用言語煽動的人，尤其是那些絕對不能碰觸的祕密。

漢娜在房門大開的房間裡收拾行裝，發出巨大、示威性的聲響。大哭一場後，赫麗娜稍微放鬆了一些，她把《愛情A到Z》拿出來遞給漢娜，並露出這是一本魔鬼之書的表情。

「我的兒子，」她帶著尊嚴說，「沒有這個也能好好生活。」

漢娜坐在她的行李箱上。

「那阿爾及爾援助計畫怎麼辦？」她糾纏不清地問。「您應該把衣服寄過去，就算是為了莫登。他非常關注這件事，還有琳達的那些鞋子——」

「把地址給我，」赫麗娜快速地說，無法忍受再多聽一個字。「我會把衣服都寄過去。」

漢娜給了她地址，赫麗娜再次穿越那鋪滿地毯的走廊，拿起琳達那雙小巧的鞋子，帶著鞋子經過飯廳的鑲木地板。她僵硬地拎著鞋，走進琳達端端正正的房間裡，天花板被漆成和牆紙相稱的精緻粉紅色調，她把鞋子丟進櫃子的底部，再把其他的鞋子也丟進去，鞋子親密地疊在彼此身上，就像幾個好姊妹們歡愉地閒聊著那些叫人難以置信的祕密。

最好的笑話

某天早上，他坐在床緣，他要離婚了。他的妻子站在房間角落說了些什麼。一些有關她母親和某個人的事。回娘家；有了別人。然後此刻是早上七點鐘，你還沒填飽肚子，又冷，又得去上班。他挖著鼻孔，不明白為什麼有人會在五年間變得那麼醜。或許她並不醜。或許她只是對他沒有任何影響力，女人對他來說向來如此。她們無法激怒他。她的右腳大拇趾有紅拇囊炎。為什麼她們總是一結了婚就光著腳四處走動？如果他能讓她冷靜片刻就好了，這樣他就能逃開。此刻他穿著緊身睡衣，坐在這裡哀傷地抓著下巴。他想著：一個男人，身處此種狀況！她又哭又叫，雙手朝著天花板揮動；如果她把鞋子穿上，他或許會說他愛她或者諸如此類的話。他可以取消離婚。但是也無所謂了。無所謂結婚或離婚。他必須為總裁寫一篇講稿，宴會上的致詞。床頭櫃上擱著一本書，他在睡前閱讀，尋找靈感。書名是《一千則世上最好的笑話》（*De tusind bedste vittigheder i verden*）。世界上最好的笑話就是他和女人的關係。當他告訴他的朋友們時，他們幾乎笑死了。他有很多朋友，但他的妻子一個也不喜歡。他們是強壯、喧鬧、快樂的男人們，女人對他們來說毫無意義。奇怪。他從來無法忍受一個女人超過幾個小時，然而總是直到她們離開前才發現，一切已經太遲了。他結過四次婚。他有三個非婚生子女。他不想和她們結婚的時候，她們就生孩子。他們對他來說毫無意義。他並不想見他們當中的任何一個人。「孩子，」她抽泣地說，「如果我們有孩子的話！」那是一個可怕的想法，就像一個人的手腳不受控制地生長。他比較想要縮減，勝過擴張。首先，他不夠機警。為什麼女人總是如此善變？她們總是在十分鐘之後便會說，他不過只是個發育過快心智未成熟的大男孩。接著他就在岳父母的花園裡搖來盪去了。一個大男孩，他們大聲嚷嚷著，把無力反抗的他推進一間早就為他準備好的公寓裡。某個早上，一個半裸的陌生女人光著腳尖叫著說她要離婚。就這樣。朋友們會覺得這一切都很好笑。他自己也覺得好笑。他是個奇怪的傢伙，一個巨大的可憐的昆蟲，像隻蚱蜢般坐在那裡揉著腳。

「你最好的朋友，」她說，「哈哈，你被戴綠帽了。你最好的朋友，那個你喝醉了就跟他緊緊擁抱的好朋友。」紅拇囊炎上上下下走來走去，而他好奇地看著她的臉，那張臉跟拇囊炎一樣紅通通的。「所以，是他？」他站起來走向她。她大聲咳嗽，彷彿喉嚨裡卡著一隻蒼蠅。他完全清醒了，非常專注。「怎麼發生的？」他聲音嘶啞地問，「在哪裡？什麼時候？妳有吻痕嗎？告訴我，親愛的，全告訴我——」

那本有關一千則笑話的書掉落在地上。

「啊，」她開心地說，「我的大男孩！啊——」

兩個女人

當貝蕾塔如此憂鬱、緊張和煩躁不安，就連把家具全部重新布置，或準備一頓非常複雜的晚餐都無法幫上她時，只有兩件事可以減輕她的痛苦：去找美髮師或醫生。有時她兩者都需要。當然，美髮師優先——

這天是星期一，而她是唯一的顧客。她踏入可愛的店鋪，那裡所有的一切，包括烘髮機，都被漆成柔和的顏色，一陣香水和昂貴肥皂混合的香氣向她撲面而來，就像溫和的麻醉藥，她因而平靜了下來。這類美容院對女人來說，大概就如酒吧和小酒館對男人的意義吧。僅僅是這樣想，已經讓她心情稍稍變好，而即便是午後，這裡也一定會有燈光。

沒有人來幫她脫掉外套，安靜得讓她有些不安，她自己把外套掛在衣帽間裡一個粉紅色衣架上。然後一個藍色的身影從後面匆匆趕來，當貝蕾塔看見嬌小的米克爾森太太時，笑著鬆了一口氣，她的頭髮一般都由她打理。然而米克爾森太太並沒有對她回以微笑。她的臉色非常蒼白——貝蕾塔不得不忍住奪門而出的衝動——她的眼睛很紅，彷彿剛剛哭過似的。這太瘋狂了，她想，今天明明是**我**遇到了問題。明明是我剛剛哭過、不是她；是我神經衰弱，沒有一個人真正了解我啊——

洗髮的時候，她閉上了眼睛，柔軟細膩的手指頭按摩安撫著她的頭皮，使她幾乎忘了這位嬌小的美髮師今日異於往常的模樣。這是她所知道神經最能放鬆的感覺。就在幾乎要睡著時，她忽然想起了夏天的海邊，她偉大的夏日戀愛，那是在維爾納之前的久遠時光，一名青年躺在身邊把玩她的髮絲，而她的手指撫過溫暖的沙子，感受著身體的舒張和接納，彷彿迎來了幸福的潮水，並被帶到遠方——但，霎時天空烏雲密布，海灘上所有的遊客都消失了。她獨自一人，冰冷的雨水落在她髮上。她醒來，發出了輕微的尖叫：

「啊，這水太冷了！妳究竟怎麼了？」

她驚恐的目光看見一張和她同樣焦躁不安的臉孔，讓她意識到**有點**不太對勁，有些不可思議的、可怕的事情，她，貝蕾塔，為了舒緩自己緊繃的神經而來到這裡，卻將在接下來的幾個小時內無可避免地被困於這種境地。她那可憐的心臟開始驚慌失措地加速跳動。她要把這狀況告訴醫生，這種對他人痛苦的高度敏感。這幾乎是一種病態了。美髮師喃喃結巴著道歉，她微微搖了搖頭作為答覆，然後放棄似的再次閉上眼，她頭上的手指們則浸入第二輪的肥皂泡沫當中。

唉，陌生的手指壓得太用力了，再也無法召喚那細膩、夢幻般的想像。當她坐在鏡子前，想像中最討人喜歡的燈光將她的臉龐映照在鏡子裡，可是，基於某種原因，她身後那張年輕女人的臉孔看起來更加蒼白了，於是她那對於他人感受的好奇心忽然排山倒海而來。

「妳究竟怎麼了，米克爾森太太？」她同情地問，「這麼安靜，實在不像妳啊。妳生病了嗎？」

淡藍色的苗條身影轉身背對她，而貝蕾塔厭惡地發現，她後腦勺的頭髮亂糟糟的，毫無光澤。

「我的丈夫昨天離開我了——您希望如往常一樣把捲髮撥到耳前嗎？」

這兩個句子之間幾乎沒有停頓，然而——貝蕾塔後來對別人講述這件事時，如此解釋——當她看到兩行淚水順著年輕女孩的臉頰流下時，她的心跳幾乎要停止。

這真是太過分，也太不公平了。她早上帶著最黑暗的情緒醒來，床邊維爾納躺過之處依然微溫，她竟在這樣的一天經歷這種事。她很想歇斯底里地大笑，因為她來到這裡，哦不，她幾乎是**衝進來**，為的是遺忘，為的是被這個對她來說沒有意義、但熟悉且友善的女人安撫，被美好的香味包覆，被那雙關懷且充滿愛的手觸摸，然而——

「我真為妳感到難過。」她說，儘管她盡力了，但她聽見自己的聲調似乎比較適合說出類似「關我什麼事」這樣的句子。接著，她將身體靠向鏡子，屈服於一種無法抑制的衝動，刻薄地補充說：

「好的，就按照平常那樣梳。妳知道，我的丈夫喜歡這個髮型。」

她用幾乎難以察覺的語氣，把重音放在「我的丈夫」。

幾乎在同一瞬間，她後悔了，當她看到美髮師逐漸赤紅的臉，忽然想起日前他們正要出門前往劇場時，維爾納冷酷無情的話語：

「親愛的，我不是想要傷害妳，但是妳**能不能**弄個比較適合妳這個年紀的髮型？」

天啊，於是整個晚上都被毀了，儘管他馬上嘗試彌補一切，道歉說他非常疲憊，而他的工作——她不知道為什麼——逐漸占據了他所有的時間。接下來那幾天，她究竟是如何度過的呢？孩子們都長大了，他們只關心自己的事，他們什麼都不明白。老大愛琳娜笑著對她的朋友們說：「你們要原諒我媽媽，她跟我們一樣，都處於人生的『過渡期』！」這應該是個很不錯的笑話。但是，現在怎麼了？她的心臟！大聲地跳動，她幾乎能聽見。她無法忍受，這讓她非常驚訝，好像她忽然和對她瞭若指掌的陌生人被關在一起。一切！就像她透露了一切連最好的女性朋友都不曾告知的祕密。就像對方完全誤解了她、徹底利用了她的信任，讓她相信自己可以輕而易舉地繼續她那瑣碎的私生活。就像一個人去美髮院享受一些款待就得以短暫逃離生活那些事情。

「拜託，」她摀住胸口，避開了對方的眼神，「我覺得不舒服。可不可以請妳打開一扇窗戶，空氣很沉重——」

是啊，她必須立刻去看醫生。真的很痛，心臟。她必須讓自己更堅強一點，不能老是被自己的敏感心思打敗。她**必須**關心自己。她是否把一切都告訴了我，貝蕾塔厭煩地這樣想。為什麼那些原本相當穩定的人，總是在不幸降臨時表現得如此戲劇化？「我的丈夫昨天離開了我！」她不知道自己之前為什麼不曾把這女孩名字前那小小的「太太」稱謂，和一個丈夫聯繫起來。

就在那個沉默的人順從地在她身後打開窗戶，然後繼續把夾子插上髮捲時，她突然很想知道，如果維爾納的理髮師忽然告訴他，他的妻子跑了，維爾納會怎麼做？不過，她非常確定，維爾納和他的理髮師除了風和天氣以外，不會再談其他事情。這種情況只有她會遇上。她太天真、太容易信任別人了。

當她坐在烘髮機下，淺藍色的身影消失在後方某處，她忽然覺得自己的心臟被人緊緊抓住。她大聲喘息，閉上眼企圖逃離這個可怕的東西，它悄悄地靠近、滑過，就像潛伏已久的陰險動物，正在等候獵物上門。她不知道那是什麼。她的思緒被嚇走，但是又趕了上來，逐漸匯成簡單的句子，以幾乎聽不見的低聲喘息滑過她唇邊：我就要失去他了！

然而，就像一個無名的生物想要測試她的力量（除此之外她無法解釋這忽然之間的情緒變化），或者只是想和她玩玩，像孩子陪小貓玩耍般，那句話被說出來以後（又或者她只是想著而沒有說出來？）她的內心明亮了起來。她覺得立即快樂了些，就像所有朋友眼中的她：溫暖、衝動、充滿積極的想法，而且，只要她身邊親近的人發生任何事情，她隨時都可以丟下手中的一切，如救護車般迅速趕去。

——

她深深地呼吸，對著鏡子裡的自己微笑。啊，她真想把歡樂四處散播，只要一離開這裡她就會這樣做。買禮物給孩子們、給家務助理，準備一頓美好的晚餐，配上維爾納喜歡的紅酒。好好地裝扮自己，尤其是頭髮。維爾納所說的一切，當然只是為了捉弄她，儘管已經四十五歲了，她的頭髮依舊充滿活力及光澤，如麥堆一樣金黃。簡直是拒絕老化。她還要假裝像突然想起來似的直接問他，上星期打電話來找他，話筒裡傳來的那個女聲是誰。她沒有說自己的名字，聽見他不在家就立刻掛了電話。肯定會有個合理的解釋。事實上，她所認識的已婚婦女沒有一個從未被這類事情困擾。她肯定是瘋了才會這樣以為——

不，這簡直有點可笑。

帶著輕鬆的心情，她翻閱放在鏡子下的雜誌，忽然又想起那個小小的美髮師：可憐的女孩，如此年輕又如此漂亮——對她而言，世界上還有許多男人啊。她看了看腕錶。今天來不及去看醫生了，再說，她去了又怎樣？她的心臟尚能不規律地跳動，就像年輕時那樣，也未嘗不是一件好事啊。

依舊沉默、眼睛通紅、可憐的米克爾森太太把夾子取出、整理頭髮時，貝蕾塔從鏡子裡對她非常友善地微笑，親切且衷心地說：

「別這麼不開心，我的朋友。想想，這是一件好事。妳沒有孩子。妳要知道，如果這種事情發生在像我這樣的老女人身上，那就另當別論了！」

她發出了善意的笑聲，卻沒有得到回應。

於是她站起身來，因為終於能夠逃離這裡而鬆了一口氣——她至死都不會再踏進這裡一步了——她抓起桌子上的手袋，在應付的價錢上外加了一筆可觀的小費，把錢交給女孩時，像個母親般捏了捏女孩的手。儘管室內很溫暖，她的手卻是冰冷的，彷彿被燙傷了似的，貝蕾塔迅速地放開了手。

「謝謝！」她說，微微低下了頭，跟隨著顧客走到門前。

「再見，太太。」她說。

她躲在窗簾後，看著這個頂著可笑少女髮型的婦人，同時無意識地緊握手裡的錢，把十克朗紙幣揉成小硬球。

她多希望有時間可以好好哭一場，但是今天美髮院裡只有她一個人，而門已經為下一位顧客開啟。

週而復始

房子看起來就像是從奶油裡被切割出來，一個黃色、柔軟的方體，看起來即將融化或瓦解，或許明天就會消失了。伊迪絲不再覺得它看起來和其他房子相似。她從雜貨店角落的香菸自動販賣機旁騎著腳踏車朝它而來，一路上沒有任何人。北斗七星的斗柄向下，正好指向她。月光皎潔，而墓園那座尖頂小教堂矗立著，像個脆弱的剪紙藝術，類似孩子們用多層薄紙剪出來那樣。伊迪絲跳下腳踏車，推開了沉重的大門。她把腳踏車停好，背對房子，站了幾分鐘，看著星星，看著路，看著樹林邊緣那些看似陡峭山壁的樹木。她想起他們的西班牙之旅，她人生中第一次見到真正的山，卻因為自己居然沒有多大的感覺而感到失望。她是那麼期待可以看到山。為什麼會這樣？她熱切地希望某個她認識的人此刻能夠經過。譬如鄰居。「晚安，布魯恩先生，」如果他停下來，她會這麼說，「今天天氣真美好啊！」「是的，」他會回答，「九月底居然還能有這樣美麗的天氣，實在是難得啊。」能隨機地對任何人說這類的話，多少有點幫助。但是，沒有人經過。人們坐在他們的屋子裡，在拉下的窗簾後，因為屋內很冷，或許還點起了壁爐，她也會這樣對布魯恩先生說。這一類的話題幾乎沒有限制，一個人愛說多少就說多少，而她一整天都在說類似的話，對孩子們說，對顧客們說，對清晨的管家們說；她會以明亮、活潑的聲音說話，維持著模糊、不明確的希望——孩子的希望，一個孩子充滿焦慮的晚間禱告：親愛的神啊，讓一切都回到從前吧！讓我的父親回來吧！

伊迪絲的雙眼泛著淚水，轉身離開那空無一人的世界，走進屋裡。其實沒有必要出去買香菸，她並沒有抽菸的慾望。她只是希望，她會遇到一個人，某個她可以說說話的人，某個她可以從對方眼裡看到自己的人：伊迪絲．約恩森，嫁給了助理教授克勞斯．約恩森，三個孩子的媽，剛搬進城裡來，由於她天性友善，很快就被接納——她被接納了嗎？沒有人知道自己在他人眼中留下了什麼樣的印象，伊迪絲自己也不知道，其他人對她的意義是什麼。只要妳有丈夫，就不需要在乎這類事情。而她尚有丈夫，他們目前依舊處於婚姻關係中。然而，她的丈夫——她靜悄悄地走入客廳，以免干擾孩子們的睡眠；她在電話旁的扶手椅坐下，看著客廳，目光卻沒有任何焦點——她的丈夫愛上了另一個女人，晚間九點十五分的此刻，他或許正對著她說：妳必須再忍耐一點，一切必須慢慢進行，我得顧慮到我的妻子和孩子們。哦不，他會說：伊迪絲和孩子們。因為他們已經相識許久了，對他們來說，提起她的名字應該是相當自然的一件事。

伊迪絲覺得冷，但是她太累了，累得無法去把暖氣爐取過來，累得什麼都做不了。她也累得無法抑制所有焦慮的思緒。幾乎每個晚上都這樣，而唯一能夠幫助她的，是吞下兩顆安眠藥。安眠藥的效用對她來說就像麻醉劑，在她掉入睡眠前的那一個小時，她會狂熱地忙於準備安排一切將隨著離婚而來、實際的待辦事項。可事實上，她對這些事沒有多大興趣。一切都能解決的：她必須把錢省著點花，而現在正是時候。克勞斯曾經說過，她可以獲得想要的一切，一切都會安排好，她和孩子們都不會吃苦。所有人都會覺得他好偉大！她這樣想，不帶一點苦澀，但是她也不覺得他有多「偉大」。她並不害怕所謂的「吃苦」。她可以不費吹灰之力地回去工作，他們根本也沒必要繼續依賴他。

伊迪絲坐在他稱為「工作室」的書桌前。那些堆積在桌上放了好幾個月的舊報紙，灰塵布滿，沒有人可以碰觸，儘管這些對他來說已經毫無用處。她找出一張黃色的草稿紙，拉開置放鉛筆和原子筆的抽屜，與此同時，忽然意識到，她從來無法向別人描述她丈夫的工作內容，這是多麼奇怪。她當然知道，他是一所公立學校的助理教授。此外，每星期一的上午——直到四個月前——他都坐在這裡，為一家她至今還記不住名字的雜誌撰稿，一篇有關某課題的文章，一篇如果他沒有搭十一點鐘的火車交出去，就會有人打電話來追問的文章。這些他如今不再撰寫的文章，應該曾經為他帶來一些收入。愛上一個二十多歲的女孩，不可能完全不花一點錢的，那疊逐漸增加的未繳帳單也不言而喻的說明了一切。

安眠藥開始起作用了。她打了個呵欠，稍微放鬆警覺心。那些帳單又關她何事呢？然而那還是意味著什麼。他肯定也很不好受，她那一絲不苟、盡職盡責的丈夫，瞬間她對他有些古怪的、不帶個人情感的憐憫。她丈夫的世界在她那微微模糊的意識裡一閃而過，那是個屬於供應者的世界，一個對她來說，未知的世界。稅務、帳目、舞蹈學校、一件不得不延到下個月一號才購買的兒童外套。牆上那片每年越積越高的溼漬、屋外棚屋鬆動的瓦片——總是有些他遲早需要處理的東西，總是有些每日追趕著他的事情，一些他永遠都做不到卻又無法放下的事。他會把房子留給她和孩子們，月光下的房子，看起來像一塊可以改變形狀、切斷、挖起、被用光的奶油。忽然之間，他們不能再把東西磨損，所有東西都必須被小心照顧、維持、收藏起來，彷彿只需一道眼光就能損害它們。她心中浮現出舊時的恐懼感，關於她回憶裡長期被一塊黑布鋪蓋的椅套；陽光被小心翼翼擋在門外，以致世界一直處在永恆暮色裡的客廳；以及當她從學校回來，裙子上破了個洞，或者一雙即使加了新鞋墊也無法再被拯救的鞋子，那些時候，母親臉上的表情，看起來彷彿最悲慘的災難已然發生。但是，這些現在都不會發生了，不是嗎？或者，在只有孩子們看得到的區域內，這種事情依舊存在？

伊迪絲彎著身子，坐在書桌前，金髮像蓬鬆的鳥翼垂在臉頰兩側，用她既稚氣卻又莊嚴的字體寫著：一棟房子，或許出售，預付款約兩萬克朗。

然後她停下，看著那數目。為什麼金錢依舊可以安撫人心？是作為某種補償嗎？那些拋棄家庭的男人，充滿羞愧地把扛在肩膀上的一袋錢丟給家人，然後頭也不回地離開。他們買下了自己的自由，然而，小小的閣樓裡有個小孩跪著，輕輕地說：親愛的上帝啊，讓我的爸爸回來吧。而客廳裡，只有女人能碰觸的地方，已經接收了這種難以定義的全新氣息，母親坐在那裡計畫著未來。那筆他「一次付清」的錢，將用來支付孩子們的教育費，因此她不會處於和母親相同的境地。這是世界上最重要的事——而這些，伊迪絲想，家長們被驕傲遮蔽了雙眼，他們真的相信自己知道，對他們的孩子來說，什麼才是最重要的。但即使現在，她的心中依舊存留著久遠的恨意。因為即便是以一種晦澀難懂的方式而言，她還是對的，不是嗎？那個早晨，她的母親對她說：小伊迪絲，爸爸離開我們了。於是世界不再完整了，而她一直在找尋他。她覺得，他無處不在，然而當她氣喘吁吁地趕到那個她追隨的身影旁邊，卻發現那人是個陌生人。如果不是曾經發生過這種事，此刻這一切也不會顯得可怕且充滿災難。或者這一切根本不會發生，因為父母們擔心孩子們會遭遇的事或許正是孩子們無可避免終將會走上的道路，無論他們是否知道、是否願意。這一切不過是重複發生的事件，伊迪絲知道，她的孩子們將會永遠在暗地裡怨恨她。無論她對他們說什麼，他們都會相信，是她的錯。他們會永遠相信，他們的父親在一個未知的所在，努力想找到他們，只是他們的母親以成年人可怕的能耐，阻止他這樣做。

伊迪絲把文件推開，以手肘支撐著桌子，把頭埋在手心裡，安靜地坐著。她凝視著湖水綠的窗簾，以及她身處的客廳，恍如一座光之島，承載著她一人，朝向黑暗且波濤洶湧的大海航行，沒有丈夫，沒有孩子，沒有未來。於是她再次想起那座山。

「太美妙了！」克勞斯興奮地說，並且補充說他一直都知道，當人首次面對一座真正的山，這個人身上就會發生偉大的事情。那麼，他身上發生了什麼事呢？奇怪的是，她連問都沒有問他。或許太多的不幸就源自於，對最親近的人發生的事完全不感興趣。

她的眼皮開始闔上，而她一直努力想睜開雙眼。有個感覺稍縱即逝，她開始像她的母親了；她甚至對自己的臉有種不真實的好奇，她驚訝於自己不曾發現過從鼻子到嘴唇之間的深溝、苦澀地緊繃著的下顎肌肉，以及下巴底下鬆弛的皮膚皺褶。她該是多麼孤獨啊，她的母親。為什麼人們總要在很久以後才明白，他們的父母在他們之外也有自己的人生，等到想要詢問他們這種生活究竟是如何的時候，卻為時已晚。由於對這方面的無知，事情的整體就此被隱藏，世界上最重要的知識也永遠無法獲得了。一抹微小的希望焦慮地自籠罩她思緒的黑暗閃過。如果她把事情的真相告訴孩子們呢？關於一個父親的真相，因為愛上一個女人，而把他對三個孩子的溫柔降落成良心裡的小小刺痛，當他偶爾——因為那終將會發生——在街上、電車上，或火車上，看見一個長得有點像他其中一個孩子的小孩？一個小小刺痛，隨著每一次的擁抱、每一個愛的夜晚，逐漸減輕，最終在年輕而漂亮的女人身體所散發的可怕力量裡完全消失無蹤？但是，世界上有哪個孩子能明白，他們對自己的父親來說，根本一點意義也沒有？或許她自己也不見得明白？

伊迪絲躺在凌亂的桌面上。她把頭靠在臂彎裡，耳邊響起微弱的鈴聲。這讓她想起了電話，因為最後一張帳單沒有付清，他們把電話切斷了。六歲、八歲和十二歲的孩子很愛他們的父親，與其讓他們知道真相，倒不如讓他們把即將發生的一切都怪罪到母親頭上，這樣對他們反而較好。此外，真相究竟是什麼呢？有那麼重要嗎？伊迪絲想，最重要的是當一個人看見山時，會發生什麼事。最重要的永遠都會是那些人們無法自己經歷的事。人們把全世界的幸福都放在那裡。克勞斯幸福嗎？她忽然開始哼唱起一首曲子：我的女孩像琥珀一樣明亮……他早上刮鬍子的時候會用高昂、歡樂的聲調唱這首歌。他是如此高興，根本無法隱藏。孩子們大笑，和他一起在浴室裡胡鬧。一次，有一次，伊迪絲的父親把她高高舉過頭頂，而她直視著他那雙閃爍的黑色眼睛，在還不懂得任何話語的當時，她明白了，她那偉大、溫柔、哀傷的父親，在那一瞬間，比她之前見過他的任何時刻都快樂。當然是因**她**而快樂，他的小女孩，他的寶貝，不然還有誰呢？那是她對他唯一的記憶。從那之後，她沒有再見過他。她當時幾歲呢？六歲或七歲。因為恨，人們熬過一切，恨意如沖天的明亮火焰在腦海中升起，讓絕望稍微遠離。母親恨那個女人，而孩子們恨母親，於是童年就這樣過去了。三年前，母親因癌症而去世，伊迪絲今年三十五歲，或許一切總是來不及，當心智成熟到可以和母親和解的時候，一切為時已晚。而這一切都和山有關。

———

伊迪絲站起來，緩慢地動手脫衣服。自從他告訴她一切以後，她就睡在他的工作室裡。她希望自己能恨那個年輕的女孩，把她想像成將一個男人從妻子身邊、將一個父親從孩子們身邊帶走的女人。但是她沒有這樣做，事實上，當他們在烈日下，站在那狹窄、塵土飛揚、坑窪不平的路上，凝視散落著瘦弱橄欖樹的焦炙沙漠另一端那綿長高聳的山壁，那一刻，她只想到自己。強烈的失望和哀傷填滿了她的心，她在狀況外，遠途跋涉皆徒然，她在尋找一些不屬於她的東西。接著，她看到丈夫陶醉且變幻的臉孔，她心想：我根本不認識他，他是一個陌生人。就如兒時追在一個看起來像她父親的男人身後，穿越人群，心跳因快樂與焦慮而加速——只為了發現，自己犯下了可怕的錯誤。而當他們從旅途歸來，她的愛情已死。是的，應該就是這樣。要不然，她為什麼能如此冷靜面對這一切？如果不包括孩子們已經睡著、而他尚未從不為人知的歡樂裡回來的那個晝夜間單薄危險的時段，她確實做到輕鬆以待。他們冷靜地討論，並且贊同，離婚一事並不急。沒有眼淚，沒有爭吵，沒有恨。現在，她幾乎認為，她其實在等待這一切發生。

這一切，像是不可逆轉的命運，注定就要發生在這男人身上——這樣一個宛如她無法解開的謎題而不得不放手的男人，這樣一個宛如糾纏成團且無法理清的絨線般的男人。她肯定忽略了無數的預警，那些警覺性高的女人，懂得解讀並調適自己去應對的微小線索，以避免近在眉睫的危險。然而伊迪絲把心力完全投入於她的家、孩子、朋友們，以及與他人之間那些嘰嘰呱呱、喋喋不休的談話，儘管她其實對這些閒聊一點也不感興趣。社交活動、育兒書籍、兒童心理學、和孩子們玩耍、關心孩子們的飲食、他們的牙齒、他們的靈魂。自從那次失敗的旅行之後，她只為孩子們而活，借助他們的眼睛來看待現實人生。孩子們的現實人生。他們三個都長得極像她。白亮的皮膚和頭髮、鼻梁上金黃色的雀斑，以及善良且從容的本性。她經常把他們跟她自己小時候的照片做比較。當克勞斯心情好的時候，他會說：「我的四個小女孩們，今天都還好嗎？」然而有時，他彷彿遺忘了她們。伊迪絲僅僅以為，他過於忙碌。她什麼都看不見，什麼都不明白。他早出晚歸，像鐘擺般在兩極之間擺動。就跟其他的男人一樣。而一個年輕的女孩遇見了他，知道了關於他的一些被伊迪絲遺忘或根本不曾知道的事。因為我們只會從他人身上召喚出那些自己需要的東西。

伊迪絲把沙發床整頓好，爬入被子裡，像個孩子似的蜷縮成一團。她想著，為什麼我們一定要踏上那一次的旅途呢？然而，當初她和他一樣充滿期待。他們一起存了筆錢，那是在他們買下房子之前。孩子們託放在他父母家裡。她對那一次旅行的記憶非常少。克勞斯在穿越法國的火車上睡了很久。她曾經專注地看著他，並驚覺他看起來是如此衰老和疲憊。她握住他的手輕撫，同時一股母性的溫柔觸動了她，她在他耳邊低語，很快地，很快地他們將站在渴望已久的藍山（blå bjerge）前，然後他們就會遺忘日常生活在他們的愛情蒙上的所有灰燼。當時，他們之間如此的對話是極其自然的。他們分享一切期待，總是兩個人一起經歷一切，他們幾乎是幸福的。

她突然對著黑暗卻聒噪的寂靜喃喃自語：要是他能快點回家就好了。她的上唇微微顫抖，深深地嘆了口氣，就像孩子們經過漫長而疲憊的哭泣後的那聲嘆息。安眠藥失去了作用，只要她對抗睡眠的時間夠長，安眠藥就不再有效。她有一股強烈的衝動想要告訴他，她在看到那些山時一點感覺也沒有，她也不曾知道，**他**感受到了什麼。她想要告訴他，如果他不留下來，他們三個幼小的女兒有朝一日也會變得像她一樣，對此，她無能為力。所有的愛戀終將有結束的一天，而他就快四十五歲了，並且——

聽見街道上的聲音，她坐起身來，心臟劇烈地跳動著。一把鑰匙被插入鑰匙孔。他回家了！她安靜地滑下床，躡手躡腳地走到客廳門前，但是他直接上樓走進臥房。伊迪絲披上家居長袍，儘管她並不知道自己想對他說什麼，她赤著腳尾隨他，打開門，他正把西裝褲的吊帶滑過肩膀。外套已經掛在椅背上了。他訝異地看著她，張開嘴正要說什麼，然而她彷彿對他即將說出來的話感到害怕，於是快速卻結巴著說：

「對不起，我不知道已經那麼晚了。」

他尷尬地對她微笑，停止了更衣：

「啊，時間總是比人們想像中更晚。」

他的話或許並沒有特別的意思，然而，一直到三個小女孩長大成人，結了婚，並且盡責地偶爾探訪她們離了婚的母親，經年累月，那句話依舊在伊迪絲心裡迴盪。至於他們看見了真正的山時，心裡究竟有沒有產生某種變化？伊迪絲永遠不得而知。

邪惡的幸福

十七歲那年，我們搬到了某個母親稱為「較好的社區」的一間三房公寓。比起之前住的那間兩房公寓，房租每個月多了二十克朗。我的父親非常確定這足以毀掉我們，但是母親已經在心裡決定了，我們必須搬家。她從來不為她那些心血來潮的主意提供任何辯解，而父親也無法反對。哥哥不久前結了婚，只為了能從家裡逃出去。或許母親覺得，如果我有了自己的房間，她能較輕易留下我。然而，就像在舊公寓一樣，那間房並不完全屬於我。當我睡在那張鋪好的、曾經被放在父母臥室裡的沙發床上時，房間才真正屬於我。房間僅僅以一張印花布簾與母親稱為「起居室」的空間隔開，那裡只有客人來訪時才會被使用。除了我的安娜阿姨以外，沒有其他人來探望過我們。她是我整個童年時期最溫柔、開朗的人，可惜那個時候我只對年輕男人和詩歌感興趣。而這兩者在母親看來，都是家庭生活的錯誤元素。我所有的詩都是關於愛情，當她讀到其中一首時，放聲大哭，說她不明白我從哪裡得到如此不道德的想法。

那是屬於大樓邊間的一戶公寓，沿著街的一邊，這個區域的外表看起來確實相當整潔。大樓陰暗的外牆漆著粉飾的灰泥，院子裡掛著鼻涕的孩子也比我們習慣看到的要少一些。角落有間咖啡館，那裡經常發生打鬥和麻煩事件，而沿著大樓的另一邊，街道看起來和我們搬離的那條街如出一轍。當時我們住在後棟樓[5]，而我直到此刻才發現，那對我來說是巨大的優勢。如今，母親坐在我的房間裡潛伏，當我傍晚或夜間跟一個年輕人一起回家，在街上大門口說再見時，她會一把將窗子推開。

「哦，妳終於回來了，」她大喊，「馬上給我進來。」

5 譯注：在一九六〇年代的哥本哈根，靠街的房子較貴（前棟樓）。面向後院的公寓較便宜，也就是作者此處所指的後棟樓。

所有的年輕男孩都會受到驚嚇，還來不及訂好我們下次約會的細節便匆匆離去。我進門後（我們住在一樓），她會穿著棉質碎花睡裙，以憤怒且毫無睡意的眼睛瞪著我。

「妳快變成一個讓人共享的女人了。」她說。

她非常熱中於使用這類表達方式，偶爾穿插一些聖經語錄，儘管她既不相信上帝也不相信魔鬼。我此生最渴望的就是十八歲的到來，別無其他，十八歲，我就可以搬離家裡了。我在一間倉庫工作，每天八個小時都在為錫盒裝箱。我每週賺二十五克朗，我把二十克朗全交給母親。傍晚吃了晚餐後，父親會躺在我的沙發床上打盹，母親則坐下來，怒氣沖沖地打毛線。父親總是在晚餐後小睡幾個小時，她一直認為那是對她的深切冒犯。她抱怨著哥哥從不回家探望他們，而當他好不容易回來一次，卻總是帶著他的妻子，母親則完全忽略她。我坐著翻閱報紙，同時儲備勇氣告訴她，我要跟女性朋友去看電影。接著，我們之間就會陷入完全的沉默，以致我吞口水的時候，也會覺得那似乎是巨大的噪音。通常我會等到父親醒來以後才說。因為他偶爾會幫我開脫，儘管事後他肯定要付出沉重的代價。

後來，許多事情忽然在同時發生，由於當時我正熱烈地愛上一個騎摩托車的年輕技工，所以並未對這些事多費心。首先，安娜阿姨的丈夫住院了。他從來不被允許進入我們家裡，因為他是個靠老婆養的酒鬼。安娜阿姨是裁縫，當她把完成的工作交到工作單位以後，回家路上通常會來我們家小坐。當她來訪時，她和媽媽會像少女般大笑，這個時候的母親完成變成了另外一個人。或許，她曾經是這樣的。也許她應該嫁給不一樣的男人，過著完全不一樣的人生。總之，我只有在安娜阿姨來訪時才能看見真正快樂的她。她們是彼此唯一的姊妹。安娜阿姨總是不把帽子摘下，因為她只打算「坐一會兒」，而帽子，彷彿成為她最終還是待了好幾個小時才離開的反證。我的父母明顯地希望她丈夫會死去。他們覺得這樣對她來說比較好。這件事對我的意義是，我反而在晚間更容易溜出去，因為父母現在有了可以一起討論的事情。阿姨的丈夫最終真的死了，她在喪禮上像是被鞭打了似的狂哭。我也哭了，天知道是為了什麼，我根本就沒有見過他啊。之後，我們去了一家還不錯的酒館喝咖啡，不到十五分鐘，母親和安娜阿姨便因為她們年輕時發生的一些事情而大笑得幾乎喘不過氣來。我的阿姨有著美麗且未曾修補過的牙齒，這在我們的家族裡相當特別。

離開酒館時，哥哥朝我走來說：「麗絲跟別人跑了。我現在在拉斯萊斯街（Larslejstræde）租了個房間。」他說得好像這事對他一點影響也沒有似的，而我相信確實也是如此。「不要告訴他們。」他說。我答應了。我的技師在酒館外的紅色摩托車上等我，我坐上後座，沒有跟任何人說再見，因為母親和安娜阿姨在一起時，就會把其他的人和事都忘了。

現在，阿姨來訪得較頻繁，因此母親變得更溫柔了一些，也給了我更多自由。她失去了把我從夜晚的擁抱裡叫回家的興趣。我的技師名叫柯特，我開始到他的父母家裡去拜訪，他們對我非常友善。我們在他家互換了戒指，算是正式訂了婚，因此我對於尚未把他邀請回家這件事，開始變得有點尷尬。我不知道該怎麼做。母親從來不希望我們在自己家以外建立任何其他關係。她從來不希望我們長大。她尤其更不希望我們和任何異性結盟。或許她自己從來沒有想要孩子，又或者這個世界發生在她身上的一切，都不是她想要的。如此這般奇怪的事，我無法向柯特解釋清楚。如果我有任何機會可以在母親不知道的情況下聯繫安娜阿姨，就可以請她好好勸勸母親。阿姨自己沒有孩子，她很愛哥哥和我。然而母親一直在確保我們和阿姨沒有直接聯繫。我們小的時候，因為她的酒鬼丈夫，我們不被允許去拜訪她。我甚至不知道她住在哪裡。

當我思考著這個難題的時候，有一天，母親來接我下班。從她臉上便能看出來，有可怕的事發生了。回家的路上，她告訴我說阿姨入院了。她開始來紅，我明白了母親的暗示，阿姨已經過了那個年紀。「那肯定是癌症。」母親用嘶啞的聲音斷定說，「如果她死了，我也沒有活下去的理由。」在瓦爾德馬街（Valdemarsgade）和英和瓦街（Enghavevej）的轉角，柯特跨坐在他的摩托車上，使勁地踩油門，引擎發出了歡慶式的巨響。他總是在那裡等我。我搖了搖頭，暗示他不要表示他認識我，我同時也對母親感到憤怒，她把身體大部分重量都放在我的手臂上，彷彿忽然間變得很老，只要我一鬆手，她就會跌落。我也對自己感到憤怒，因為我比她高了一個頭。我對我的童年時期感到憤怒。這一切彷彿永遠不會結束，當我經過我的未婚夫時，他的紅色摩托車和光亮的皮革外套在秋日陽光下閃爍著，我的腳步變得僵硬且笨拙。分期付款買的訂婚戒指，一直放在我的單肩包裡。我沒有勇氣在家裡戴上它。

不幸彷彿永遠沒有盡頭，在阿姨入院後不久，父親失業了。母親已經知道哥哥的妻子跑了，因此她把所有的未來都建立在哥哥搬回家這件事情上。當她訂下計畫並且要求我去說服他時，我並沒有專心聽她說話。我總是隨時準備出門朝柯特奔去，在他的家裡，一切都是如此幸福和正常。與此同時，我把我寫的一些詩投寄到一間雜誌社，我心裡並不希望餘生都在為錫盒裝箱。我覺得我無法繼續活在兩個不同的人生裡，內心深處，我開始懷疑技師是否適合當女詩人的丈夫。至少我不再急於把他帶回家了。再說，此時也比以往任何時候都更不可能邀請他回家，因為父親總是坐在我的沙發床上閱讀一本陳舊的百科全書，只有在夜晚，我才擁有自己的房間。我們只能負擔打開一個房間的暖氣，甚至經常得在室內穿著外套才能保持溫暖。父親的失業金以及我每週二十克朗的收入只能應付最緊急的開銷。距離我滿十八歲只有幾個月的時間，而我漸漸認知到，只有哥哥搬回家，才是**我**唯一的救贖。但是他從不來探望我們，而當我想起我們的計畫，便為他感到難過。這是我在這段刻意冷淡對待家人的時間裡，唯一較好的感受。所以，我一直拖延時間，不去他租來的房間看他。

阿姨進行了手術，醫院裡的人告訴她，她很快就會完全康復了，但還是必須好好地被看護和照顧，直到體力恢復。有家人可以和她同住嗎？母親很高興能帶她回家，並把她安置在父親的床上。於是他只好睡在起居室裡那張拱形的沙發，而我無時無刻會被他穿越單薄布簾的鼻鼾聲吵醒，直到我習慣為止。如今我們得多餵一張嘴，但是事實證明這一點也沒關係，因為阿姨根本無法進食。母親把所有時間都花在她的床邊，一開始，我們可以聽見房間裡不斷傳出她們的笑聲和說話聲。現在，母親責備的眼神不再迫使父親坐著花無數個小時翻閱舊百科全書，於是父親恢復了晚餐後小睡幾個小時的習慣。我也可以去任何想去的地方了。但是我哪裡都沒去，因為我收到了雜誌的答覆。他們即將刊登我的兩首詩，編輯覺得這兩首詩「非常有前途」。這消息恍如魔法，完全改變了我的個性和人生觀。我想起自己對柯特的一切愛戀並不會對我即將踏入的輝煌文學圈有任何影響。短短幾天內，我拋下了我的愛人，讓自己接受雜誌編輯的晚餐邀請，並且在嶄新的自傲的迷霧中，我收到了錫盒公司的解僱書，因為高級主管忽然出現在閣樓而發現我在棕色包裝紙上寫的一首詩。我衝到編輯那裡，他是個單身中年男子，喜歡欣賞身邊的青春氣息。他安慰我說，我絕對可以以筆維生，如果遇到什麼問題，他會資助我的，就當作是他支持藝術。

這一切我都不可能告訴家裡。父親找到了臨時的工作，晚上開始不在家。想必是去了酒館，因為他在母親的世界裡，根本就是多餘的。因此，我可以重新安靜地擁有我的房間，整個晚上都在閱讀和寫詩。白天，我逗留在圖書館的閱覽室，好讓母親認為我仍在上班，我把已發表的詩作稿費藏在一個塗了一層珍珠母、可以上鎖的針線盒裡，那是哥哥成為合格工人後的作品，他在我的堅信禮時送給了我。那是一個非常可愛的小東西。把蓋子打開時，會播放一段旋律：**為你所愛的一切而戰……**至少，那是我自己在心裡為這段清脆旋律而唱的歌詞。

一天晚上，門鈴響起，柯特穿著他的緊身皮革外套站在門外，頭上戴著頭盔，語氣相當粗暴地要求和我談談。當我充滿困惑地讓他進來時，母親打開了臥室的門大喊：「趕快去找醫生。她疼得非常厲害，醫生必須馬上過來。這是誰？」

我沒有回答，把柯特推到門外，向他解釋阿姨的病，請他載我去找醫生。他以驚險的速度前進，然而這再也無法給我留下深刻印象了。路上，他喊著說，夠了，他可以擁有任何他想要的女孩。我不知道我有沒有回答他，但是在醫生診所的樓梯口，他把右手伸到我的鼻子前，展示他的手指，好讓我看見他把戒指戴上了。我只覺得他的表現很可笑，同時想起我的編輯，他對藝術有認知和支持的能力。但是我不願意對柯特解釋這一切。我唯一希望的是擺脫他。基於某種原因，他陪我上樓找醫生，這個醫生之前看過阿姨的病。「老天啊，」醫生聽了我來的目的，說：「是的，時間大概差不多了。」這時我才明白，阿姨即將死去。她自己知道嗎？母親知道嗎？當柯特把我送回家後，我請他在門外等待，我進屋把訂婚戒指拿出來。他猶豫地接過了戒指，而我在他臉上看見了一抹哀傷，但是那與我無關。我不會再見他，並且很快就把他忘記了。

現在，阿姨的快樂逐漸消失了，母親對於坐在她的床邊也感到厭倦。我在家時，母親會急切地請求我替代她的位置。臥室的窗戶對著封閉的院子，貓咪們整夜坐在腳踏車棚的屋頂上叫春。咖啡館的後門正對著院子，喝得爛醉的客人總是從後門被趕出來。當臥室的窗戶打開時，嘔吐及貓屎的臭味會滲入阿姨身上，然而這還不及開始從阿姨床邊蔓延開來的腐爛氣味。我不認為她自己有所察覺。她看起來很糟。即使是睡著的時候，她那火紅的牙齦也暴露無遺，而她枯黃的手指不停在被子上摸索，彷彿在尋找什麼特定物品。護士來為她注射嗎啡，一天兩次。注射之後，她會開始頭也不轉地低聲說話，彷彿把我誤認為母親。我必須彎下身子靠近才能聽見她說些什麼。那噁心的氣味讓我幾乎無法呼吸。她低聲說著做了一件衣服給媽媽的娃娃，以及她們少女時期的經歷。當她想笑的時候，總會變成一連串劇烈的咳嗽。「妳還記得妳把理髮師藏在衣櫃裡嗎？」她耳語，「如果尼爾斯不是那麼快離開，他恐怕就窒息而死了。」尼爾斯是我父親。我笑出聲來，因為那段時間我經常笑。然後阿姨才意識到我是個錯誤的聽眾，於是急忙低聲說起她在我小時候曾為我縫製過的那些裙子。

母親坐在我的房間裡，埋首於圍裙裡抽泣。

「這究竟還要維持多久？」她問。「主憐憫我們，讓她早日安息吧。」如果她的表達方式不是那麼浮誇的話，我或許還能安慰她。我覺得，這讓她的哀傷抹上了不真實感。我正處於充滿批判性格的狀態和年紀，因此也覺得結了婚、有了孩子的女人，對姊姊有如此強烈的依戀是不自然的。

過了一段時間，父親又失業了，母親在麵包上塗了乳瑪琳，一週讓我們吃三次粥。那是一個極其寒冷的冬天，而我的阿姨依舊拒絕死去。他們以為我還在繼續為錫盒裝箱，感謝編輯，我還有能力繼續每週給家裡二十克朗。

滿十八歲的前一個月，我終於提起精神到拉斯萊斯街去找哥哥。當我要求和哥哥說話時，房東懷疑地看著我。「她們全都這樣說。」她尖酸地說，然後開門讓我進去找他。他站在幾乎空蕩蕩的房間中央，正把一張椅子黏合起來。看見他，我被一陣突如其來的溫柔侵襲。我已經很久沒有見到他了。他似乎也很高興看見我，我們在他凌亂的床上坐下。

「父親失業了，」我說，「而安娜阿姨就要死了，他們已經無法維持生計。」

「我看不出這一切和我有什麼關係，」他挑釁地說，「是他們把我和古希爾德之間的一切毀掉。每次我邀請女孩回家，媽媽都會發瘋。在這裡，至少我們可以得到平靜。」

「你有新的女友了？」我驚嚇地問。我沒有想到這個可能性，儘管他今年二十一歲，是個非常英俊的年輕人。

「是的，」他堅定地說，「我打算留住她。」

出乎自己意料，我開始大哭起來。他從來沒有看過我這個樣子。我們之間從來不向對方揭露自己的情緒。家裡沒有人會這樣做。他伸手摟著我，這也是他生平第一次這麼做。於是我把心裡的一切對他傾訴，關於被取消的婚約，關於我不再打包錫盒，關於寫詩以及我未來的計畫，關於那個應該已經愛上我並且有足夠的影響力能把我帶向世界的編輯。我對他說，這一切只有在他搬回家的情況下才有可能實現。如果我們當中沒有人在經濟上資助他們的話，他們將會飢寒交迫。我懇求他，無論如何，搬回去一小段時間，至少可以讓我在搬離家裡後，為他們的生活帶來一段緩衝期。

他安靜地站起身，在小小的房間裡來回踱步。

「妳在寫作方面，沒有存到錢嗎？」他尷尬地說。

「根本不值一提，」我說，「但是，總有一天會的。到那個時候，我就能幫助他們了。」

他棕色的眼睛透露出一股哀傷的微笑氣息。

「好吧，好吧，」他嘆了一口氣，說，「我會的。不要再哭了。真叫人受不了啊。妳會成名的。妳等著看吧，那個編輯會和妳結婚的。」

離開的時候，我沒有看他。我也沒問他和誰訂了婚。我知道，他永遠都不會邀請她回家和我們的父母見面。我們的家庭不是能接納新成員的那種家庭。

阿姨去世的三天後，我搬進了租來的房間裡。母親太過傷心欲絕而沒有真正意識到這件事。我趁這個時機一併告訴她，我快要結婚了。當時她說了一些奇怪的話。「跟誰結婚都無所謂。」

我一直無法明白，她這樣說究竟是什麼意思。

哥哥守住了他的承諾，搬回家，住進印花布簾後那個房間，而我把他們都忘了，我把自己的家徹底忘掉，過著我自己的人生。

但是，偶爾有人離開我的時候，或者，不經意在我的孩子們眼裡發現一絲冷漠的神情、無情且無法逾越的距離，我就會拿出哥哥那個美麗的小針線盒，慢慢打開漆了珍珠母的蓋子。**為你所愛的一切而戰……**當那首樂曲從殘破的盒中響起，一股無名的悲傷會湧上我的心頭，因為他們不是死了就是消失了，而我和哥哥之間，再也找不到任何語言。

譯後記

小說和人生

譯者／吳岫穎

二〇二一年下旬，我接下丹麥作家托芙・迪特弗萊森自傳《哥本哈根三部曲》的翻譯工作。當時心裡其實一直有個疑問——按照我自己的閱讀習慣，通常是在對一個作家的作品有所了解以後，才會有興趣閱讀其傳記。而中文世界的讀者第一次接觸托芙就是她的傳記，真的有人會想讀嗎？

當然，這個疑慮在翻譯完三部曲以後就得到了解答。這位作家的一生就是一部跌宕起伏的小說啊，三部曲之精彩，確實是把托芙・迪特弗萊森介紹給新讀者的一個好開端。

這本書裡的兩本小說集，都寫於三部曲之前。熟悉三部曲的讀者朋友，應該可以清楚看見托芙・迪特弗萊森如何在她的生活裡攝取創作題材。比如

〈傘〉的靈感，便來自於她童年時那一個美麗的鄰居凱蒂。凱蒂離開了托芙的童年，卻把身影留在她的記憶裡，並且在長大以後把撐傘的凱蒂的影像寫進小說。在那個年代，凱蒂象徵的是身為女人幾乎無法獲得的一種自由——可以隨心所欲、不被婚姻所捆綁的自由；她是少數不被（當初那個年代的）世俗所捆綁，來去自如的一個女人。托芙把這個形象寫成了小說，傘變成了小說女主赫爾嘉的欲望，她把生活裡一切的疙瘩都解釋為自己對一把傘的求之不得。對於丈夫可能的出軌，她的反應是：下定決心為自己買一把雨傘。並且在被摧毀以後認命地接受自己命運中的無法自主。這是女人的命運。赫爾嘉這樣以為，並這樣接受了。

除了〈傘〉，這本短篇小說集裡的很多篇章，寫的都是身為女人的無奈、掙扎、妥協、犧牲等等壓抑的情緒。她也寫女人的反擊，比如赫爾嘉不顧一切為自己買了一把傘，心靈上有了片刻的自由——雖然短暫，卻是絕對屬於她的自由。

我後來發現她有一本散文集《托芙．迪特弗萊森：關於我自己》（*Tove Ditlevsen: om sig selv*，暫譯），一九七五年出版，她在這本書裡提出了她一些主要作品的創作背景，讓讀者看到她的創作如何和人生緊密相連。重點是，托芙在書裡提到了小說名稱〈邪惡的幸福〉，正是源自於她兒時最喜歡的這首童謠。我將這首童謠的歌詞簡單試譯如下：

〈烏鴉〉

烏鴉在夜間飛行
在日間牠不被允許
牠只能擁有邪惡的幸福
因為牠無法獲得良善的幸福
—而烏鴉牠在夜間飛行

「聽我說呀烏鴉你這野蠻的掠奪者
往下飛到我身旁
白花花的銀子我將賜予你

如果你能幫助我
我的繼母她驅逐了我的愛人
到遙遠陌生的國度
紅通通的金子我將賜予你
如果你帶領我到他身邊」

「銀子金子或寶石
我都不需要
但是你們的長子
將成為賜予我的禮物」

伊爾梅琳將她白皙的手
及一切　放在烏鴉的腳丫子上
直到三個晚上過去了

她才站在愛人面前
—而烏鴉牠在夜間飛行

那是一個明亮的夏日
他們躺在新娘床上
九個月過去以後
伊爾梅琳誕下一個男孩

烏鴉牠在夜間飛行
牠飛向伊爾梅琳
「記得你們擁有的是邪惡的幸福
記得這男孩他屬於我」
—而烏鴉牠在夜間飛行

〈邪惡的幸福〉的原文是den onde lykke，lykke一字在丹麥文裡有「運氣」

和「幸福」兩種意思。onde則有「邪惡」、「魔鬼的」、「不祥的」等負面意思。因此，den onde lykke，可以是「邪惡的幸福」，或者「噩運」的意思。我覺得托芙在這裡運用了文字的雙關語意。小說主人翁（其實如果讀過三部曲就知道，是托芙把自己的一段回憶改寫成小說）最終得到了自己想要的幸福，但是付出代價的卻是她的哥哥，因此這幸福其實是「邪惡的」，因為是靠哥哥的犧牲而獲得的幸福；對哥哥來說，den onde lykke指的是他的「壞運氣」、「厄運」，因為他又回到了當初努力逃走的原生家庭。

本書收錄的小說，都是六、七十年前寫下的作品，但是無論內容或寫作手法都不會讓人覺得跟不上今天的時代節奏。其中〈方法〉和〈母親〉這兩篇小說，並非單純地寫一個故事，而是使用很多象徵性的比喻來描寫一種狀態；這兩篇小說的語言充滿象徵性，也是最難翻譯的兩篇。〈方法〉是托芙在自己的婚姻關係中逐漸開始感覺失去自己的時期所寫[6]，她以各種象徵、比喻手法來

[6] 她曾在《托芙．迪特弗萊森：關於我自己》一書中提及此事。

描寫一段終身關係的不可能性。〈母親〉寫的則是身為人母這樣一個形象。

因為先讀了托芙的自傳，了解她的一生以後，再讀她的小說，真的讓我有一種感覺：她是用生命在寫作。除了小說素材取於她的人生經歷，托芙對於標點符號的運用，經常讓人在閱讀時，有一種跟著她的思緒前進、不到終點無法喘息的緊湊感。或許，正因托芙如此用盡全力活著、淋漓盡致地寫作，她的作品才能如此撼動人心。

文學聚落 Village 004

邪惡的幸福

Den onde lykke

作者　托芙・迪特萊弗森（Tove Ditlevsen）
譯者　吳岫穎
協力編輯　吳如惠
主編　楊雅惠
校對　吳如惠、楊雅惠
封面設計　朱疋
視覺構成　陳宛昀

社長　郭重興
發行人　曾大福
總編輯　楊雅惠
出版發行　潮浪文化／遠足文化事業股份有限公司
電子信箱　wavesbooks.service@gmail.com
粉絲團　www.facebook.com/wavesbooks
地址　23141 新北市新店區民權路 108-3 號 6 樓
電話　02-22181417
傳真　02-86672166

法律顧問　華洋法律事務所 蘇文生律師
排版印刷　中原造像股份有限公司
出版日期　2023 年 5 月
定價　380 元
ISBN　978-626-96973-4-2（平裝）、9786269697359（PDF）、9786269697366（EPUB）

國家圖書館出版品預行編目（CIP）資料

邪惡的幸福／托芙·迪特萊弗森（Tove Ditlevsen）著；吳岫穎譯.
-- 新北市：遠足文化事業股份有限公司／潮浪文化，2023.05
面；　公分
譯自：Den onde lykke.
ISBN 978-626-96973-4-2（平裝）

881.557　　112004019